더 샤도우 *The*
SHADOW

더 섀도우

날 건드릴 거면…… 네 모든 것을 걸어라!!

The SHADOW

장웅 현대 판타지 소설

BBULMEDIA FANTASY STORY

뿔미디어

Contents

Prologue

알폰소 폰 지욘프리드.

그에게는 세 가지 별명이 있다.

하늘의 기사. 그랜드 마스터, 그리고 검의 황제.

그는 인간으로서는 더 이상 오를 수 없는 최고의 경지에 이른 전무후무한 검신이다.

황제는 그에게 공작의 작위를 내렸고, 가장 부유하고 기름진 영지를 하사했다. 꽃보다 아름다운 공주를 아내로 주었으며, 전군에 대한 통수권까지 그에게 맡겼다.

말이 공작이지 황제나 다름없는 권력을 지녔고, 충성스러운 부하들이 그의 휘하에 구름처럼 몰려 있었다. 백성들 또한 그에게 절대적인 지지와 존경을 보내 주었다.

하지만 정작 자신은 거기에 만족하지 못했다.

그는 타고난 전사였다. 보다 강한 자와 싸워 승리를 쟁취하는 것, 그것 말고는 그에게 만족감을 주는 건 아무것도 없었다.

삼 대륙 50여 개의 왕국을 돌아다녀도 그의 적수는 존재하지 않았다. 7써클의 대마법사도 그의 적수가 되지는 못했고, 자존심 강하기로 소문난 숲의 종족 엘프조차 그를 위대한 전사라 칭하며 스스로를 낮추었다.

지욘프리드 공작은 답답했다.

밥을 먹어도 맛있지 않았고, 아름다운 아내와 시간을 보내도 즐겁지 않았다.

그는 싸워 이기는 행위를 통해서만 즐거움과 행복을 얻는 사람이었다.

'이 세상에 내가 싸울 만한 상대가 더 이상 없단 말인가.'

그는 외로웠다. 더 이상 적수가 존재하지 않는 절대자의 고독이었다.

'그래, 이렇게 사는 건 의미가 없다. 나보다 더욱 강한 존재, 위대한 드래곤에게 도전하리라. 그리고 거기서 나의 최후를 맞으리라.'

지욘프리드 공작은 세상에서 인간에게 유일하게 금지된 땅, 드래곤 산맥으로 향했다.

드래곤 산맥의 몬스터와 괴수들이 그의 앞을 막아섰다.

금기의 땅을 지키는 파수꾼들답게 산맥의 몬스터는 강했다. 하지만 지욘프리드 공작에게는 방바닥을 기어 다니는 바퀴벌레나 다름이 없었다.

파수꾼들을 가볍게 처리한 그는 마침내 위대한 고룡, 중간계의 절대자이며 반신적인 존재인 골드 드래곤 엘리시온의 레어에 도착할 수 있었다.

지욘프리드 공작은 그곳에서 심연의 깊이와 같은 눈빛을 지닌 노인을 만났다.

노인은 금색으로 일렁이는 로브를 입었고, 온몸에서는 세상을 압도하는 듯한 기세가 뿜어져 나오고 있었다.

세상을 발아래 두었던 지욘프리드 공작조차 그 노인의 앞에 서자 한없이 초라해지는 자신을 느낄 정도였다.

"당신이 위대한 고룡 엘리시온이오?"

"그렇다. 너는 누구냐?"

"나는 알폰소 폰 지욘프리드요."

"처음 듣는 이름이군."

지욘프리드 공작은 자존심이 상했다.

아무리 깊은 산맥에 은거하고 있는 드래곤이라지만 어찌 자신의 이름을 모를 수 있단 말인가.

"나는 당신에게 도전을 하러 왔소."

"뭐라? 도전? 크하하하하!"

고룡 엘리시온이 큰 소리로 웃었다.

그렇지 않아도 자존심이 상해 있던 지욘프리드 공작은 지체 없이 검을 뽑았다.

시퍼런 오러 블레이드가 그의 검에서 뿜어져 나오더니 무려 10미터까지 자라났다.

엘리시온이 웃음을 그치더니 안색을 굳혔다.

"하찮은 미물 따위가 감히 내 앞에서 이빨을 드러내다니! 용기가 가상해 목숨만은 살려 주려 했으나 이젠 늦었다."

"$@^@@@%$"

의미를 알 수 없는 기이한 목소리가 엘리시온의 입에서 흘러나왔다.

말로만 듣던 용언 마법이었다.

어마어마한 마법 공격이 몰아쳤고, 지욘프리드 공작은 풍랑에 떠다니는 작은 돛단배가 되었다.

지욘프리드 공작은 미친 듯이 검을 휘둘렀다.

화염을 가르고 빛의 화살을 막았으며, 하늘에서 떨어지는 거대한 얼음 기둥을 박살 냈다.

하지만 드래곤의 용언 마법이 지닌 힘은 차원이 달랐다.

바깥세상에서는 절대자로 칭송받는 그였지만, 드래곤이 지닌 강대한 마법은 그의 모든 것을 뛰어넘었다.

결국 지욘프리드 공작은 자신의 최후가 임박했음을 깨달았다.

'결국 여기까지가 한계였던가. 하지만 여한은 없다. 이 세상에서 가장 강한 존재와 싸워 보았으니.'

그는 마지막으로 힘을 모아 검을 뻗었다.

10미터에 달하던 그의 오러 블레이드가 순식간에 20미터까지 자라나더니 순간적으로 드래곤의 베리어를 꿰뚫었다.

"큭!"

짧은 비명이 베리어 안에서 들렸고, 다음 순간 지욘프리드 공작은 온몸을 강타하는 강력한 힘에 피를 토하며 쓰러졌다.

화염이 걷히고 폭풍처럼 일어났던 먼지가 바람에 휩쓸려 사라졌다.

지욘프리드 공작은 땅에 쓰러진 채 연신 기침을 했다. 붉은 피가 그의 기침과 함께 입에서 뿜어져 나왔다.

그의 맞은편에는 골드 드래곤 엘리시온이 망연자실한 표정으로 서 있었다.

그의 로브 오른쪽 가슴 부위가 뚫렸고, 그의 발아래 작은 유리병 하나가 깨져 있었다.

놀라운 건 깨어진 그 유리병에서 아주 작은 빛 덩어리들이 수도 없이 튀어나와 허공을 부유하고 있다는 사실이다.

"이, 이럴 수가! 봉인의 베슬이 깨어지다니……."

엘리시온은 곧바로 마법을 발휘했다.

허공에 금빛의 막이 생겨 주변을 가두었다.

하지만 적지 않은 빛 덩어리들이 이미 사방으로 흩어진 후였다.

엘리시온이 무서운 표정으로 지욘프리드를 노려보았다.

"네, 네놈이 지금 무슨 짓을 저질렀는지 아느냐!"

"쿨럭! 으으으……. 다, 당신은 정말 강하군. 내가 졌소."

"이, 이놈! 이건 단순히 이기고 지고의 문제가 아니다. 네놈 때문에 봉인의 베슬이 깨어졌다. 이게 뭘 의미하는지 아느냐?"

"나, 나는 모르오."

"으으! 어리석은 놈……. 봉인의 베슬이 깨지면 세상이 지옥으로 변할 수도 있다."

"그, 그게 무슨 말이오?"

엘리시온이 고개를 절레절레 흔들었다.

"지금 네게 그걸 설명해 주는 게 무슨 의미가 있겠느냐. 봉인의 베슬에서 풀려나온 이 사악한 영혼들을 어찌해야 한단 말이냐……."

엘리시온이 깊은 한숨을 내쉬었다.

엘리시온은 균형자다.

수천 년이라는 세월을 살아오면서 세상의 균형을 파괴하는 존재들을 소멸시키고, 그들의 영혼을 거두어 봉인시켰다. 덕분에 세상은 선과 악이 한쪽으로 치우치지 않고 균형을 이룰 수 있었다. 그런데 지욘프리드 때문에 베슬이 깨어지고, 균형을 흔들 수 있는 존재들이 한꺼번에 대량으로 풀려나 버린 것이다.

'으으, 그것들을 소멸시키기 위해 내가 얼마나 개고생을 했는데…….'

엘리시온은 베슬에서 풀려나간 존재들을 다시 잡아들이기 위해 해야 할 고생을 생각하니 앞이 막막했다.

엘리시온의 매서운 눈빛이 지욘프리드를 향했다.

"네놈을 용서할 수 없다."

엘리시온의 강대한 마법이 지욘프리드를 강타했다.

"크윽!"

지욘프리드는 더 이상 견디지 못하고 그 자리에서 피를 토하며 목숨을 잃었다.

엘리시온이 다시 용언 마법을 발휘했다.

그러자 지욘프리드의 시신에서 작고 밝은 빛 덩어리 하나가 떠올랐다. 바로 지욘프리드의 영혼이다.

엘리시온은 지욘프리드의 영혼을 향해 차가운 목소리로 말했다.

"네놈에게 형벌을 내리겠다. 이 세상에서 영원히 추방해 다른 차원으로 영혼을 보내 버릴 것이다. 마나가 가장 희박한 세상으로 말이다. 그곳에서 태어나면 두 번 다시 이 세상에서 얻은 것과 같은 힘을 가지지 못할 것이다."

우우웅!

은은한 소리와 함께 하늘에 검은색의 소용돌이가 생겨났
다.

엘리시온이 손을 휘젓자 지욘프리드의 영혼은 검은색 소
용돌이 속으로 빨려 들어갔다.

곧이어 검은 소용돌이는 깨끗이 사라졌고, 새파란 하늘
이 드러났다.

1장

부활

삑! 삑! 삑!

규칙적인 기계음이 병실에서 울려 나왔다.

머리에 흰 붕대를 칭칭 감은 채, 깊은 수면에 빠진 환자 한 명이 산소호흡기에 의지해 죽은 듯 누워 있다.

그리고 그의 앞에 어머니로 보이는 중년 부인이 걱정스러운 표정으로 앉아 있다.

"흑흑! 선욱아, 힘내야 한다. 너는 살아날 수 있어."

환자의 이름은 강선욱이다.

그는 군대에서 막 제대한 후, 복학하기에 앞서 편의점 아르바이트를 시작했다. 그런데 일을 마치고 새벽에 귀가하다가 폭주족의 오토바이에 사고를 당했고, 혼수상태에 빠져 병원에 실려 온 게 벌써 일주일 전이다.

— 이제 가망이 거의 없습니다. 슬프더라도 마음의 준비를 하셔야겠습니다.

충격적인 말에 어머니는 울며불며 매달렸지만, 의사는 고개만 절레절레 흔들었다.

어머니는 포기하지 않았다. 아니, 포기할 수 없었다. 어떻게 목숨이 붙어 있는 자식을 놓아 버릴 수 있겠는가.

저녁이 되자 퇴근한 아버지가 피곤한 몸을 이끌고 병원을 찾았다. 낮에는 의료기기 영업 사원으로 하루 종일 돌아다녀야 하고, 밤이 되면 의사나 병원 관계자들에게 접대를 하느라 술집과 카페에서 살다시피 한다.

벌이가 나쁘지는 않지만 접대하느라 돈을 다 써 버리고 난 후 집에 가져오는 것으론 세 아이 학비 대기도 빠듯하다.

그런데 갑자기 장남이 사고가 나서 혼수상태에 빠져 버리고 말았으니, 아버지도 하늘이 무너지는 충격을 받았다.

"선욱이는 어떻소?"

"아직…… 흑흑."

아버지가 아내의 등을 다독인 후, 선욱의 손을 잡았다.

"선욱아, 아버지다. 어서 일어나야지? 응?"

강선욱은 여전히 대답이 없었다.

잠시 후, 고등학생으로 보이는 남녀가 들어왔다.

강선민과 강선영.

혼수상태에 빠져 있는 강선욱의 두 동생들이다.

강선민은 고3 수험생이다.

하지만 수험생이라는 말이 무색할 정도로 공부와는 담을 쌓았다. 대신 선민은 싸움을 잘했다. 아니, 단순히 잘한다는 수준을 넘어선 실력자였다. 공부 대신 싸움이라는 과목으로 대학에 갈 수 있다면 선민은 서울대학교에 들어가고도 남을 것이다.

때문에 부모님들은 그가 친 사고를 수습하느라 그동안 무던히도 속이 썩었다. 선민에게 맞은 학생들에게 물어 준 치료비만 합쳐도 집 한 채는 샀을 것이라고 부모님들이 말할 정도다.

그리고 강선영은 고1이다.

그녀 또한 공부와 담을 쌓기는 마찬가지다. 그래도 나쁜 길로 빠지지는 않았다. 선영은 중학교에 다닐 때, 퀸카로 통할 만큼 예쁘고 몸매도 좋았다. 그리고 노래도 곧잘 불렀다. 그래서인지 그녀는 일찌감치 진로를 정했다. 가수나 연기자가 되는 게 그녀의 꿈이다.

예비 조폭과 예비 연예인을 자식으로 둔 집안.

어떻게 보면 콩가루 같지만 실제로는 화목한 편이었다. 부부 사이도 원만했고 형제들 간의 우애도 좋았다. 게다가 부모님을 생각하는 자식들의 효심 또한 지극했다.

강선민과 강선영은 혼수상태에 빠진 선욱을 착잡한 표정으로 내려다보았다.

선민은 주먹을 꽉 거머쥐었고, 선영은 눈물을 글썽거렸다.

"씨팔, 어서 일어나, 형. 그래서 내게 말해 줘. 형을 이렇게 만든 폭주족 새끼가 누군지 알아야 찾아가서 아작 낼 거 아냐! 어서 일어나라고!"

"흑흑! 오빠……."

가족들은 한동안 선욱의 병실을 떠나지 못했다.

그때, 간호사가 들어오더니 말했다.

"면회 시간 끝났습니다. 이만 나가 주십시오."

원래 중환자실은 가족에게조차 면회가 허락되지 않는다. 하지만 이미 의사도 포기하다시피 한 환자라, 마지막 순간까지라도 함께 있도록 만들어 주려고 병원에서 배려를 해 주었던 것이다.

선욱의 가족들은 어쩔 수 없이 병실 밖으로 나가 환자 대기실로 가야 했다.

간호사가 작은 플래시를 켜서 선욱의 눈을 살폈다.

"동공 반응이 여전히 없네……. 휴! 어렵겠어."

간호사가 고개를 절레절레 흔들더니 방에 불을 끄고는 밖으로 나갔다.

삑! 삑! 삑!

규칙적인 바이틀 사인이 적막한 병실을 울리기 시작했다.

얼마나 시간이 흘렀을까.

시체처럼 누워 있던 선욱의 손가락이 미미하게 움직였다.

삑! 삐빅! 삐빅!

바이틀 사인이 조금 빨라졌고, 가늘던 호흡이 다소 강해졌다.

다음 날, 아침.

회진을 돌던 의사가 선욱의 병실에 들렀다.

그가 바이틀 사인을 체크하더니 의아한 표정을 지었다.

"이 환자 식물인간 상태 아니었나?"

뒤따르던 간호사가 차트를 살피고는 대답했다.

"그렇습니다. 한데……."

"이상하군. 혈압이 조금 올라갔고, 박동도 빨라졌어."

의사는 플래시를 꺼내 선욱의 눈을 살폈다.

선욱의 검은 동자가 순간적으로 작은 수축과 팽창을 보였다.

의사의 눈이 커졌다.

"이럴 수가……. 동공 반응이 돌아왔어. 바이틀 사인 다시 체크해! 조영제 투입하고 MRI촬영 준비도 하고! 어서!"

간호사들이 믿을 수 없다는 표정을 지었다.

불과 어제까지만 해도 뇌사 직전 단계에 가 있던 환자가 아닌가.

"뭘 해? 빨리하지 않고!"

간호사들의 움직임이 바빠지기 시작했다.

병실 밖에서 상황을 지켜보던 어머니가 조마조마한 심정으로 발을 동동 굴렀다.

"우, 우리 선욱이에게 무슨 일이라도……. 도대체 왜 저러지?"

때마침 간호사 한 명이 나왔다.

"간호사, 무슨 일이에요? 우리 선욱이 괜찮은가요?"

"환자 상태에 변화가 생겼어요. 확인 중이니 기다려 주세요."

간호사는 곧바로 어디론가 뛰어갔다.

그로부터 한 시간 후, 의사가 병실에서 나왔다.

어머니가 의사에게 매달렸다.

"선생님! 도대체 무슨 일입니까? 우리 선욱이가 어떻게 되었나요? 네?"

"음. 잠시 따라오십시오."

의사는 자신의 방으로 어머니를 데려간 후, 조용히 말했다.

"의사 생활 20년에 이런 경우는 처음이라 어떻게 말씀드려야 할지 모르겠습니다."

"무슨 일인데 그러세요? 네?"

"환자의 의식이 돌아온 것 같습니다."

어머니의 눈이 커졌다.

"뇌파의 상태가 크게 호전되었습니다. 아직 건강한 사람과 비교할 수는 없지만 깊은 수면에 빠진 사람과 비슷할 정도까지 되었습니다. 그건 알파파가……."

의사가 몇 가지 전문적인 용어를 써서 설명했지만 선욱 어머니의 귀에 들어온 말은 호전되었다는 말뿐이었다.

"그, 그러니까 우리 선욱이가 나아지고 있다는 건가요?"

"아직 단언할 수는 없지만, 현재의 상황으로 보아서는 어제보다는 분명히 호전되었다고 말씀드릴 수 있습니다."

"아! 서, 선생님! 감사합니다. 감사합니다."

어머니가 눈물을 줄줄 흘리며 의사의 손을 잡았다.

선욱의 회복은 빨랐다.

의사조차 고개를 절레절레 흔들며 하늘이 보여 준 기적이라고 말할 정도다.

"아마 오늘이나 내일 중에 의식이 돌아올 것 같습니다. 이제 일반 병실로 옮길 테니 곁에서 돌봐 주세요."

"고맙습니다, 선생님."

선욱의 가족들에게는 이보다 큰 희소식이 있을 수 없다.

아버지는 월차휴가를 냈고, 두 동생들도 담임에게 사정 설명을 한 후 학교를 빠졌다.

그렇게 해서 가족들 모두가 병실에 모여 선욱이 깨어나기만을 기다렸다.

일반 병실로 온 지 이틀째가 되던 날 마침내 선욱이 눈을 떴다.

"선욱아! 엄마다!"

"선욱아!"

가족들 모두 기쁨의 눈물을 흘리며 선욱을 쳐다보았다.

하지만 아무 대답이 없었다.

미간을 살짝 찌푸린 게 그가 보인 반응의 전부였다.

그때, 간호사가 뛰어 들어오더니 선욱의 상태를 살폈다.

곧이어 의사가 들어왔다.

의사는 선욱의 상태를 한동안 살피더니 고개를 끄덕였다.

"오랫동안 혼수상태에 있어서 아직 정신이 없을 겁니다. 당분간 조용히 지켜보도록 하십시오. 절대로 환자에게 충격이나 혼란을 주어서는 안 됩니다."

의사와 간호사가 나가고 나자 가족들은 다시 선욱에게 매달렸다.

"선욱아, 괜찮니? 무슨 말이라도 좀 해 봐."

모두들 선욱의 입을 뚫어져라 쳐다보았다.

마침내 선욱의 입이 열리더니 비교적 또렷한 목소리로 말했다.

"너희들이 내 가족이냐?"

목소리는 그대로였지만 말투는 전혀 다르다. 도저히 선욱이라고 생각할 수 없을 정도다.

"서, 선욱아! 엄마다."

"아버지다, 선욱아."

"형! 나야!"

"오빠……."

가족들 모두 이 상황을 어떻게 이해해야 할지 알 수 없었다.

"음. 힘들구나. 모두 물러가도록 해라."

선욱은 이 말을 마지막으로 눈을 감았다.

"서, 신욱아!"

어머니가 선욱의 팔을 잡았다.

그때, 선민이 어머니를 말렸다.

"그만두세요. 환자에게 충격을 줘서는 안 된다고 의사가 말했잖아요. 일단 지켜봐요."

"응? 그, 그래."

가족들은 굳은 표정으로 눈을 감고 있는 선욱의 얼굴만 내려다보았다.

온갖 생각들이 그들의 머릿속을 스쳐 지나갔지만 한 가지만큼은 분명했다. 선욱이 말을 할 정도로 회복되었고, 머지않아 병원을 걸어서 나가게 될 것이라는 사실을 말이다. 그리고 그건 분명히 기쁜 일이었다.

'휴! 이해할 수 없는 세상이군.'

혼수상태에서 깨어난 강선욱은 엄밀히 말해서 이전의 그라고 할 수 없는 사람이었다. 강선욱의 영혼은 이미 세상을 떠났고, 대신 다른 사람의 영혼이 그 자리를 차지하고 있었기 때문이다.

알폰소 폰 지욘프리드.

검의 신이며 절대자였지만 더 이상 적수가 없음에 절망해, 마지막으로 위대한 고룡에게 도전했다가 목숨을 잃었다. 그리고 강선욱이라는 대한민국의 22살 청년의 몸을 빌려 지금의 세상에 부활했다.

그는 강선욱의 머릿속에 남겨져 있던 기억을 모두 가져왔다. 강선욱의 기억을 통해 바라본 세상은 한 마디로 요지경이다. 검과 마법이 아니라 기계문명이 지배하는 세상이다.

게다가 마나가 희박해 마법이나 오러 같은 건 영화라는 상상의 세계에서만 존재했다.

지욘프리드는 고개를 절레절레 흔들었다. 마나의 농도가 너무 희박했기 때문이다.

'이래 가지고는 수십 년을 수련해도 과거의 능력 중 10%조차 되찾을 수 있을지 걱정이군. 그나마 몸이라도 회복시킬 수 있어 다행이군. 으으! 엘리시온 이 나쁜 놈! 나

를 이따위 세상에 보내다니……'

지욘프리드, 아니 이제는 강선욱으로 다시 태어난 그는 어금니를 꽉 깨물었다.

'일단 몸부터 회복시켜야겠다.'

그는 다시 집중력을 발휘해 마나 수련을 시작했다.

✠　✠　✠

"자! 천천히 걸어. 몸에 깊이 각인되어 있는 근육의 기억을 끌어내야 해."

강선욱은 자신의 팔을 잡고 이끄는 재활치료사의 말에 따라 천천히 걸음을 옮겼다. 오랫동안 혼수상태에 빠졌던 육신은 허약하기 짝이 없었다.

그동안 육신은 걷는 법조차 잊어버린 것 같았다.

강선욱은 재활치료사의 팔에 기대어 걸음마를 하고 있다는 사실이 부끄러워 미칠 지경이었다.

'젠장! 내가 걸음마 따위를 배워야 하다니……'

그때 익숙한 목소리가 밖에서 들려왔다.

"선욱아! 천천히 해! 이 엄마가 맛있는 게장을 해 왔다."

재활치료실 밖에서 손을 흔드는 어머니의 모습이 보인다.

자신을 친아들로 생각하고 있는 그녀다. 그리고 그녀 외에도 아버지와 두 동생들이 있다.

귀찮기 짝이 없다.

마음 같아서는 빨리 몸을 회복시킨 후, 깊은 산속으로 들어가 수련에 매진하고 싶었다.

다행히 걸음마는 하루 만에 배웠다.

다음 날 아침, 재활치료사는 믿기 어려운 선욱의 회복에 놀라움을 금치 못했다.

"이렇게 빨리 재활하는 환자는 처음이야. 선욱아, 너 정말 대단하다."

검은 머리카락에 눈동자를 지닌 인간들의 얼굴이 낯설기는 하지만, 활짝 웃는 재활치료사의 표정이 제법 귀엽게 느껴진다.

기껏해야 20대 후반 정도?

단발머리에 큰 눈이 유달리 예뻐 보이는 얼굴이다.

"다음 단계는 무엇이냐?"

재활치료사가 어이없다는 표정으로 고개를 절레절레 흔들었다.

"누나에게 하는 말버릇 하고는……. 휴우! 어쩔 수 없지. 혼수상태에서 깨어난 후유증이라고 하니……. 자, 따라와."

그녀는 선욱을 이끌고 워킹머신에 올라갔다.

"손잡이를 잡고 천천히 걸어 봐. 그리고 속도를 조금씩 높여 볼 테니까, 힘들다 싶으면 이 빨간 단추를 눌러. 알았지?"

"알겠으니, 빨리 시작해라!"

콩!

재활치료사가 선욱의 머리에 알밤을 먹였다.

"윽!"

선욱이 미간을 잔뜩 찌푸리고는 재활치료사를 노려보았다.

"쥐방울만 한 게 누나에게……. 너, 죽을래?"

오히려 눈을 부릅뜨는 그녀다.

선욱은 '끙!' 하는 소리와 함께 결국 고개를 돌렸다.

'젠장! 황제 폐하조차 내 앞에서는 함부로 입을 열지 못했거늘…….'

하지만 어쩔 수 없는 일이다. 새로운 세상에서 부활했으니 거기에 적응할 수밖에.

마침내 워킹머신이 움직이기 시작했다.

선욱은 천천히 움직이는 발판에 맞추어 걸음을 옮기기 시작했다.

그리고 보면 기계문명이라는 게 참으로 신기하다.

전기라는 동력으로 기계를 움직이고, 온갖 신기한 물건들을 다 작동시키니 말이다.

'후후후, 마법사가 이걸 봤으면 입에 거품을 물겠군. 그리고 전기라는 게 마법사의 마나보다 훨씬 효율적이야. 마나처럼 인간이 몸속에 직접 담아 두었다가 사용할 수 없다

는 단점이 있기는 하지만 말이야.'

워킹머신의 속도가 조금씩 빨라졌고, 선욱은 가벼운 조깅을 하는 속도로 뛰어야 했다.

10분가량이 지났을 무렵, 선욱은 두 다리가 후들거리는 것을 느꼈다.

'이럴 수가……. 이렇게 저질 체력이라니!'

선욱은 악착같이 뛰었다.

눈앞에 커다랗게 붙어 있는 붉은 단추를 누를 생각은 전혀 없었다. 전생의 지욘프리드에게 '적당히'라는 단어는 애초에 존재하지도 않았다.

숨이 턱밑까지 차올랐고, 얼굴은 붉게 상기되었다.

"헉헉헉헉!"

미친 듯이 숨을 몰아쉬었고, 심장은 입 밖으로 튀어나올 정도로 거세게 뛰었다.

결국 선욱은 더 이상 버티지 못하고 고꾸라졌다.

꽝!

선욱은 앞쪽 계기판에 이마를 강하게 찧은 후, 빠르게 움직이는 발판에 쓰러졌다. 그 바람에 팔 하나가 옆으로 꺾였다.

우당탕!

다른 환자들을 돌보고 있던 재활치료사가 깜짝 놀라 선욱에게 뛰어왔다.

선욱은 볼썽사나운 모습으로 넘어졌지만, 이를 악물고

천천히 일어났다.

이마가 찢어졌는지 붉은 피가 줄줄 흘러내렸다.

"서, 선욱아!"

재활치료사는 급히 수건으로 선욱의 이마를 감쌌다.

"음. 그 손 치워라."

"뭐? 지금 이마가 찢어져서…….”

"내 손을 밟고 있지 않느냐?"

"응? 아, 미안!"

재활치료사가 재빨리 발을 치웠다.

선욱은 굳은 표정으로 왼팔을 들어 올렸다. 팔꿈치 아래
가 불가능한 각도로 꺾여 덜렁거렸다.

재활치료사는 깜짝 놀라 소리쳤다.

"뼈, 뼈가…….”

"조용히 해라! 관절이 빠졌을 뿐이다."

"뭐……뭐?"

선욱은 오른손으로 자신의 왼쪽 손목을 잡더니 힘껏 잡
아당겼다.

그의 손이 길게 늘어나는가 싶더니 '우두둑!' 하는 소리
와 함께 다시 줄어들었다.

선욱이 왼팔을 이리저리 돌리더니 한숨을 내쉬었다.

"이 정도로 팔이 빠지다니……. 정말 저주받은 육신이로
군."

태연하게 중얼거리는 선욱의 모습을 본 재활치료사는 믿을 수 없다는 표정을 지었다.

관절이 빠지면 무지하게 아프다. 특히 빠진 관절을 다시 맞추는 과정은 기절할 정도다. 그런데 고작 20대 초반의 이 청년은 그 일을 아무렇지도 않게 해냈다. 안색을 조금 찌푸렸을 뿐 비명 한 마디 내지르지 않았다.

재활치료사는 저도 모르게 뒤로 물러났다.

선욱은 피가 쏟아지는 이마의 상처를 손으로 만졌다.

피부가 깊게 패여서 허연 뼈가 보인다.

선욱이 손가락을 상처 안쪽까지 집어넣어 이리저리 돌렸다.

안쪽에 들어간 손가락 때문에 이마의 피부가 불룩 튀어나왔다. 마치 공포영화의 한 장면을 보는 듯하다.

"음! 이물질은 없군."

선욱이 손가락을 빼내더니 피범벅이 된 얼굴로 천천히 재활치료사를 향해 고개를 돌렸다.

"바늘과 실을 가져오너라."

재활치료사가 허옇게 질린 얼굴로 서서히 뒤로 넘어갔다.

✶　　✶　　✶

"큭큭큭! 진짜야, 형? 바늘과 실을 가져오라고 했다고?

우하하하하!"

뭐가 그렇게 재미있는지, 이 어린놈의 동생은 배꼽이 빠져라 웃는다.

아버지와 어머니는 넋이 반쯤 나간 얼굴이었고, 여동생의 표정도 그와 다르지 않다.

"서, 선욱아. 정말 괜찮으니?"

어머니가 떨리는 목소리로 선욱의 이마를 만졌다.

반창고가 붙어 있는 이마는 퉁퉁 부어서 한쪽 눈까지 반쯤 감겨 있는 상태였다.

"괜찮다."

"이 녀석! 조심 좀 하지……."

선욱이 선민을 가리키며 말했다.

"저 시끄러운 녀석을 데리고 나가라. 혼자 있고 싶다."

"휴! 도대체 너는……."

어머니가 고개를 절레절레 흔들었다.

이건 분명히 정상이 아니다.

이상하게 바뀐 말투. 그리고 빠진 관절을 스스로 맞추고 이마가 찢어지자 바늘과 실을 가져오라고 한 건 결코 정상적인 사람이 할 수 있는 행동과 말이 아니다.

선욱의 아버지가 눈짓을 했다.

"그만 나갑시다. 의사의 말로는 차차 회복될 거라고 하니 말이오."

"그래도……."

"죽을 줄 알았던 아들이 다시 살아난 게 어디요? 난 그 것만으로도 만족하오."

"알았어요."

아버지가 가족들을 데리고 밖으로 나갔다.

문을 나가는 순간까지도 선민이 형에게 엄지손가락을 세워 들었다.

"형! 짱이야! 하하하!"

선민의 웃음소리가 계속해서 들리더니 마침내 그쳤다.

병실에 남은 선욱은 침상 위에서 가부좌를 했다.

마나 수련을 하기 위해서다.

하지만 그는 다시 들려온 인기척에 눈을 떠야 했다.

"형!"

선욱이 미간을 찌푸렸다.

"나가라고 하지 않았느냐?"

"크크크, 형 말투 정말 끝내준다. 누가 들으면 사극 찍 는 줄 알겠다. 크크크."

"무슨 일이냐?"

"이제 말해 봐."

"뭘 말이냐?"

선민이 으스스한 표정을 지으며 말했다.

"형을 그렇게 만든 폭주족 새끼."

선욱이 흠칫하더니 눈을 가늘게 떴다.

그는 강선욱의 기억을 통해 분명히 알고 있었다. 강선욱을 치고 달아난 폭주족의 얼굴과, 측면에 해골을 그려 넣은 커다란 오토바이를 말이다.

선욱이 나지막한 목소리로, 그리고 단호하게 말했다.

"놈에게 복수를 해야 한다면 내가 한다."

"뭐?"

선민이 눈을 크게 떴다.

불가사의하다는 표정으로 형을 쳐다보던 선민이 천천히 엄지손가락을 폈다.

"형이 그런 말을 다 하다니……. 그거 알아? 너무 멋있어진 거. 옛날의 그 찌질이 형은 어디 갔어?"

"뭐? 찌, 찌질이?"

"큭큭큭, 기억 안 나? 내가 만날 놀렸잖아. 형은 찌질거리는 것만 빼면 괜찮은 남자가 될 거라고."

선욱은 찌질이라는 말의 뜻이 명확하지 않아 잠시 생각했다. 선욱의 삶을 돌이켜 보자 그는 이내 알 수 있었다.

'으! 정말 그렇군. 이놈은 무지 소심했어. 때문에 친구들에게는 은근히 무시를 당하며 살았군. 허!'

선민이 형의 어깨를 툭 쳤다.

"형. 괜히 멋있는 척하지 말고, 복수하고 싶으면 언제든 내게 말해. 형을 그렇게 만든 새끼 내가 가만두지 않을 테니까."

순간적으로 새파란 독기를 내뿜는 선민이다.

그 모습을 본 선욱은 동생의 성격을 단번에 알 수 있었다.

'휴. 동생이라는 놈이 형보다 백배는 낫구나. 남자라면 자고로 저런 면이 있어야지.'

선민이 손을 흔들었다.

"형. 그럼 나, 간다. 몸조리 잘해."

문을 닫고 나가는 동생의 모습을 지켜보던 선욱은 기이한 기분에 사로잡혔다.

자신을 쳐다보던 동생의 눈빛, 그리고 행동이나 말이 예사롭게 느껴지지 않았던 것이다.

'도대체 이 감정이 뭐지?'

이전의 삶에서 절대자의 경지에 이른 지욘프리드였지만, 오직 강해지겠다는 일념으로 한 길만 걸어온 삶이다. 고아로 자라나 부모형제의 정이라고는 전혀 받지 못했다. 훗날 마스터의 경지에 이르러 가정을 꾸리기는 했지만, 가장으로서의 의무만 다했을 뿐 참된 애정을 주고받은 적은 한 번도 없었다.

따라서 그에게는 가족과 정이라는 개념 자체가 존재하지 않았다.

온 힘과 정성을 다 바쳐 뒷바라지를 하는 어머니도 때로는 시녀나 하녀 정도로 여겨질 따름이었다. 그 외, 다른 가족들의 존재는 아예 안중에도 없었다.

그런 그의 마음에 작은 파문이 생겼다.

방금 보고 들었던 선민의 행동과 말 때문이다.

선욱은 마음이 흔들리는 것을 느끼고 고개를 흔들었다.

'회복에 집중해도 모자란 시간이다. 잡생각에 몰두할 틈이 없어.'

선욱은 다시 눈을 감고 정신을 집중하기 시작했다.

선욱은 병원에서 별종으로 취급받았다.

재활치료실에서의 일이 병원에 쫙 퍼졌던 것이다.

선욱이 지나가는 모습만 보면 간호사들이 수군거렸다.

의사들도 선욱을 쳐다보는 눈빛이 다르다.

하지만 선욱은 조금도 신경을 쓰지 않았다.

팔꿈치 관절이 빠지거나 이마가 찢어져 피가 난 일 따위는 어디 가서 말할 거리도 되지 못했다.

적어도 배가 갈라져 내장이 삐져나오거나 몸에 바람구멍이 두세 개 정도 뚫려야지 좀 다쳤네, 하고 치유마법사의 도움을 받았던 사람이 바로 지욘프리드였다.

선욱은 모든 걸 무시하고 마나 수련을 통해 회복에만 몰두했다.

어두운 밤.

선욱은 여전히 병실 침상 위에서 조용히 가부좌를 하고 있었다. 주변의 마나는 미약했지만, 그거라도 받아들여 아랫배에 마나홀을 만들 기반을 다져야 했다.

마나를 받아들이기 위해 정신을 집중하고 있던 그의 귀에 가느다란 목소리가 들리기 시작했다.

병실 밖에서 선욱의 아버지와 어머니가 대화를 나누는 소리였다.

"이걸로 되겠소?"

"좀 부족하긴 하지만……. 어쩌겠어요? 선욱이 건강 되찾는 게 중요하지."

"막내 학원은 어떻게 하오?"

"한 달 쉬라고 하죠, 뭐."

"연기 학원이라는 게……그렇게 쉬어도 되는 거요?"

"어쩌겠어요, 부탁을 해 봐야지."

"음. 그러지 말고 조금만 기다리시오. 내가 밤에 대리운전이라도 해서 학원비를 마련할 테니."

"여보, 그러다가 건강 상하면 어떻게 하시려고……?"

"할 수 있소? 선욱이 퇴원할 때까지는 버텨야지."

"차라리 지금 퇴원시킬까요?"

"의사 선생님이 안 된다고 하지 않았소. 육체적으로는 많이 회복되었지만 정신적으로 문제가 있다고 하지 않소. 그런데 선욱이의 정신은 언제 돌아온다고 했소?"

"그게……. 잘 모르겠다고 하셨어요. 가족은 다 알아보면서 전혀 다른 사람이 된 것처럼 말하고 행동하는 사례는 처음이라고 학계에 보고까지 하겠다네요."

"뭐요? 이 사람이 우리 장남을 모르모트로 만들려고 하나……."

"사실, 이해하기 힘든 건 사실이잖아요."

"음. 어쨌든 선욱이 정신이 돌아올 때까지 조금 더 버텨 봅시다."

"네, 알았어요."

두 사람의 대화가 마침내 끝났다.

선욱이 안색을 굳혔다.

가족이라는 사람들이 자신 때문에 그렇게까지 고생을 하고 있다는 사실을 처음 깨달았던 것이다.

평생 남에게 폐 한 번 끼치지 않고 살아온 사람이 그였다. 그런데 가족들이 자신 때문에 힘든 생활을 하고 있지 않은가.

둥둥둥둥!

선욱이 미간을 찌푸리며 왼쪽 가슴에 손을 가져갔다.

또다시 심장이 뛰기 시작했다.

'도대체 이놈의 심장은 왜 이렇게 자주 뛰지? 체력이 너무 약해서 그런가?'

선욱의 입장에서는 이해할 수 없는 일이다. 아무리 심장의 불수의근에 속해 있지만, 과거 지욘프리드는 어느 정도까지 심장의 박동은 물론 내장의 움직임도 제어할 수 있었다.

아직 그런 경지에 이르기는 요원하지만 몸을 심하게 움직이지도 않았는데 심장의 박동이 빨라진다는 건 드문 일이다.

특히 가족들과 함께 있을 때 그런 일이 잦았다. 그리고 그때마다 기이한 감정이 일어나거나 가슴에 은은한 통증이 느껴지기도 했다.

선욱이 깊은 숨을 내쉬었다.

'부모에게 더 이상 폐를 끼칠 수 없다. 병원을 나가야겠어.'

다음 날 아침.

의사가 간호사와 함께 병실을 찾았다.

선욱의 몸을 이리저리 살펴보더니 의사가 질문을 했다.

"요즘 구역질을 느끼거나 어지럽지는 않아?"

"그런 일 없습니다."

의사가 '어!' 하는 표정을 지었다.

선욱이 깨어난 후, 자신에게 처음으로 말을 높였기 때문이다. 그동안 의사는 선욱을 진료하는 게 정말 싫었다. 자신의 나이 반밖에 되지 않는 어린놈이 괴상한 어투로 반말지거리를 찍찍 해 대는데, 기분이 좋을 사람은 없을 것이다. 상대가 아무리 환자이고 정상이 아니라 해도 말이다.

"그래, 밥은 잘 먹고?"

"잘 먹고 있습니다."

"그래? 다행이군."

의사는 선욱에게 몇 가지 질문을 더 했고, 선욱은 꼬박꼬박 존댓말로 대답했다.

의사가 만족스럽다는 표정으로 이제 퇴원을 해도 되겠다고 말하며 병실을 나가려 했다.

그때, 선욱의 목소리가 그의 발을 잡았다.

"묻고 싶은 게 있습니다."

"물어봐."

"심장이 뜁니다."

의사가 잠시 황당하다는 표정을 짓더니 말했다.

"그래서 살아 있는 거다."

"그 말이 아니고, 가끔 심장이 빨리 뜁니다."

"빨리 뛴다고?"

의사가 고개를 갸웃거리며 중얼거렸다.

"빈맥은 없었는데……. 잠시 상의를 벗어 봐라."

선욱이 상의를 벗었다.

의사가 청진기를 선욱의 가슴에 댔다.

잠시 선욱의 심장박동을 들어 보던 의사가 고개를 갸웃거렸다.

"네 심장은 정상이다. 부정맥의 징후는 전혀 없으니 걱정하지 마라. 아마 정신이 혼란스러워 일시적으로 맥박이 증가한 것일 게다."

선욱이 고개를 갸웃거리며 중얼거리듯 말했다.

"음. 이상하네. 그런데 왜 가족이라는 사람들을 보면 가슴이 뛰는 건지……."

"뭐? 가족?"

"예. 어제 부모님이 하는 말을 들었습니다. 내 치료비를 대느라 아버지가 밤에 일을 하겠다더군요. 그 말을 듣자 가슴이 뛰었고 통증도 느꼈습니다. 그리고 기이한 감정까지 들었습니다."

"너 설마……그게 무슨 뜻인지 몰라서 내게 묻는 거냐?"

"잘 모르겠습니다. 왜 그런 겁니까?"

"모른다고? 정말이냐?"

의사는 어이가 없다는 표정으로 선욱을 쳐다보더니 중얼거렸다.

"설마 사이코패스……? 아니지! 사이코패스라면 그런 감정 자체를 느끼지 못한다. 혹시……지금까지 부모님과 함께 살지 않았니?"

"아닙니다. 함께 살았습니다."

"그럼 혹시 학대받고 자란 건가?"

"그런 일은 없습니다."

"그런데 왜 가족 간에 느끼는 당연한 감정을 이해하지 못하는 거지?"

"예? 가족 간의 당연한 감정?"

"내가 너라면 그 말을 듣고 통곡이라도 했을 거다. 널 위해 그렇게 고생하시는 부모님을 보고 넌 느끼는 것도 없냐?"

"그럼 그게……."

"바로 사랑이라는 거다."

"……."

사랑.

평범한 사람이라면 누구라도 이 단어 앞에서는 마음이 뭉클해진다. 하지만 지욘프리드에게는 생소한 감정이었다. 아니, 그도 인간이니 그런 감정을 느낀 적은 있었다. 하지만 전사에게 필요한 건 아니었다. 강해지는 데 오히려 방해가 될 뿐이었다. 그래서 지욘프리드는 그런 감정에 무덤덤해지기 위해 노력했고, 결국 중년이 넘어가자 거의 목석같은 사람이 되었다.

공작이라는 작위를 받고 황제가 어여쁜 공주를 아내로 주었으나 지욘프리드는 그녀에게 사랑이라는 감정을 느낀 적은 없었다. 다만 아이들이 태어났을 때 잠시 마음이 흔들렸지만 그는 그게 두려워 새로운 적수를 찾아 집을 떠났다.

그의 삶이 이렇다 보니 사랑이나 가족 간의 정이라는 감정은 생소할 수밖에 없었다.

"최근 학계에 보고된 일인데, 심장을 비롯한 몸의 장기들이 기억에 관여한다고 한다."

"내장이 기억을 한단 말입니까?"

"그렇다. 그런 사례들이 많기는 했지. 담배를 피우던 사람의 장기를 금연자의 몸에 이식했더니 담배를 피고 싶은 욕구를 느꼈다는 그런 사례 말이다. 지금까지는 거기에 대해 명확한 답을 내놓지 못했지만 미국의 한 저명한 내과의가 그 사례에 대한 해답을 찾았다고 보고했지."

"그 해답이 무엇입니까?"

"그는 장기 중에서 심장에 주목을 했다. 사람들은 심장이 그냥 근육 덩어리라고 생각하지. 하지만 틀렸다. 심장의 절반은 신경세포로 이루어져 있다. 그것도 뇌의 해마 부분을 형성하고 있는 것과 동일한 세포로 말이다. 그게 뭘 뜻하는지 아니?"

"모릅니다."

"심장도 기억을 한다는 것이다. 특히 감정과 관련된 기억에는 심장이 깊이 관여한다는 말이지. 사람이 정신적으로 충격을 받거나 안타까운 상황에 놓이게 되면 가슴이 뛰거나 아픈 것도 그 때문이다."

선욱의 얼굴에 놀랍다는 표정이 떠올랐다.

의사의 말이 사실이라면 가족을 대할 때 심장이 뛰는 이유가 설명되었기 때문이다.

'그래. 그럴 수도 있겠군. 정신과 영혼은 나 지욘프리드의 것이지만 육신은 강선욱이라는 아이의 것이었으니 심장이 그의 기억을 가지고 있을 수도…….'

의사가 선욱의 등을 툭툭 쳤다.

"그런 상황에서 심장이 뛰고 가슴이 아픈 건 정상이다. 전혀 걱정할 필요가 없어. 오히려 아프지 않다면 그게 이상한 거다."

"알겠습니다."

"그래. 그럼 몸조리 잘해라."

의사가 희미한 미소를 지으며 병실을 떠났다.

의사가 나가고 나자 어머니가 병실로 들어왔다.

"내일 퇴원하겠……습니다."

"으응…… 뭐?"

"퇴원하겠다고 했습니다."

갑작스러운 선욱의 말에 어머니가 두 눈을 크게 떴다.

"바, 방금 뭐라고 했니, 선욱아."

선욱이 어머니를 보며 또박또박 말했다.

"퇴원하겠다고 했습니다, 어머니."

어머니의 눈빛이 크게 흔들렸다.

형언하기 힘든 감정이 담긴 눈빛으로 선욱을 쳐다보던 어머니가 그를 와락 껴안았다.

"흐흐흑! 선욱아! 마침내 네 정신이 바로 돌아왔구나. 선
욱아!"

자신을 꼭 껴안고 눈물을 흘리는 어머니의 모습을 보자
선욱은 코끝이 찡해 오는 것을 느꼈다.

'가족이라……. 그래, 새로운 육신을 가지고 부활했으니
이 세상에 맞춰서 살아야겠다. 그게 모두를 위한 길이야.'

선욱이 천천히 두 팔을 들어 어머니의 등을 감쌌다.

2장

생활의 발견

퇴원 수속을 마치고 선욱은 어머니와 함께 택시를 탔다.

택시 차창 너머로 보이는 세상이 선욱에게는 너무 낯설고 신기하게만 느껴졌다.

강선욱의 기억을 모두 흡수했기에 서울이라는 도시의 모습을 이미 머릿속에 그리고는 있었지만, 두 눈으로 직접 보는 것은 또 달랐다.

'정말 신기하구나. 말도 없이 저절로 움직이는 마차라니…… 그런데 저 여자들은 정말 수치심도 없군.'

하의실종 패션이 유행하는 현대에서, 그의 눈에 비친 여자들의 모습은 경악 그 자체였다.

"선욱아, 퇴원을 하니 좋니?"

옆 좌석에 앉아 있는 어머니가 선욱에게 물었다.

"아주 좋습니다."

"그래. 다행이다."

어머니는 연신 선욱의 얼굴과 손을 쓰다듬었다. 간신히 되살아난 아들이 다시 어디론가 떠나 버릴까 두려워 한 손으로는 선욱의 옷깃을 꼭 붙잡고 있었다.

시원하게 뚫린 자유로를 달린 끝에 택시는 일산에 있는 선욱의 집에 도착했다.

선욱은 택시에서 내린 후, 주변을 둘러보았다.

'허! 이런 곳에 정말 사람이 살다니……'

선욱이 내심 탄식을 하며 고개를 절레절레 흔들었다.

사각형의 콘크리트 건물들이 다닥다닥 붙어 있고, 그 사이로 차와 사람이 지나다니는 아파트촌이다. 보행로를 따라 가로수가 규칙적으로 심어져 있고, 조경이 잘 되어 있기는 했지만 억지로 꾸민 티가 역력하다.

그래서인지 선욱이 보기에는 황량하게만 느껴진다. 지욘 프리드가 전생에서 살았던 대저택에 비하면 마구간에 불과한 수준이다.

하지만 선욱의 가족에게는 오랫동안 한 푼, 두 푼 모아서 힘겹게 마련한 소중한 보금자리이며, 인근에서는 제법 값이 나가는 아파트이기도 하다.

선욱은 어머니와 함께 엘리베이터를 타고 9층으로 올라

갔다. '지잉!' 하는 기계음과 함께 몸이 가볍게 울렁거리는 느낌이 들었다.

'정말 신기하구나. 사람을 들어 올리는 상자라니⋯⋯. 허허허.'

마침내 선욱은 집에 들어갔다.

세 개의 방을 지닌 27평형 아파트다.

선욱은 기억을 더듬으며 집 안을 살폈다.

'여기가 집이로구나.'

벽걸이 TV와 냉장고, 그리고 에어컨 등 가전제품들이 선욱의 눈을 사로잡았다.

선욱은 거실 좌측에 있는 자신의 방으로 들어갔다.

좁다. 그리고 답답하다.

2층으로 된 침대가 창가에 놓여 있고, 벽에는 두 개의 책상이 나란히 붙어 있다. 그리고 책장에는 책들이 빼곡하게 꽂혀 있다. 대부분이 선욱이 읽던 소설책이나 대학 교재들이다.

이곳이 바로 동생 선민과 함께 쓰는 선욱의 방이었다.

곧이어 어머니가 과일을 깎아 왔다.

"이것 좀 먹으렴."

"거기 두십시오."

"그래."

어머니는 선욱의 책상 위에 과일 접시를 내려놓은 후, 아들을 잠시 쳐다보다가 방을 나갔다.

"휴!"

선욱이 가벼운 한숨을 내쉬었다.

'이 좁은 곳에서 살아야 한단 말인가?'

무표정한 얼굴로 창밖을 쳐다보던 선욱이 고개를 절레절레 흔들었다.

예전의 능력을 조금이나마 되찾기 위해서는 모든 면에서 안정적이지 못했다.

동생이 함께 방을 사용하기에 마음 놓고 마나 수련을 할 수도 없다. 몸을 움직일 공간은 아예 포기한 수준이다.

창 너머로 보이는 광경은 또 다른 아파트 건물이었고, 주변의 마나 농도는 한심할 정도로 희박했다.

'아무래도 산과 숲이 있는 곳에 마나 분포가 짙을 텐데⋯⋯.'

그는 강선욱의 기억을 더듬었다. 그러자 아파트 뒷산이 떠올랐다.

'일단 그곳으로 가 봐야겠군.'

선욱은 곧바로 밖으로 나가려다가 어머니가 깎아 놓은 과일을 발견했다.

'그냥 나가면 또 그녀가 울겠지?'

선욱이 과일을 집어먹었다.

제법 달콤하기는 했지만 전생에 먹었던 것들에 비하면

훨씬 못하다. 그리고 몸에 그다지 좋지 않은 기운도 느껴졌다.

'왜 과일에서 이런 기운이……. 음. 아마도 농약이란 걸 쳐서 그런 모양이군.'

선욱은 대충 과일을 씹어 먹은 후, 고개를 절레절레 흔들었다. 마나를 수련하는 방법은 호흡을 통해 대기의 기운을 축적하는 것이다.

하지만 음식이나 물을 통해 마나를 얻기도 한다. 거기서 얻은 마나는 검술에 쓰이지는 않는 대신 몸을 튼튼하게 만들어 마나홀이 아랫배에 단단히 자리 잡을 수 있도록 도와준다.

그런데 음식에 포함되어 있는 마나는 극히 미약했고, 오히려 나쁜 기운까지 들어 있으니 마나홀을 만들려는 선욱의 목표는 요원하기만 했다.

'걱정이군. 이런 상황에서 어떻게 마나홀을 만든단 말인가.'

한숨을 내쉬던 선욱이 방을 나갔다.

"잠시 나갔다 오겠습니다."

어머니가 깜짝 놀랐다.

"선욱아, 아픈 몸으로 어딜 간다는 게냐?"

"금방 다녀오겠습니다. 답답해서요."

"엄마와 같이 나가자."

"아닙니다. 혼자 다녀오겠습니다."

"힘들 텐데……. 그럼 조심해서 다녀와. 멀리 가진 말고."

"예."

선욱은 걱정스런 표정의 어머니를 뒤로하고 아파트 밖으로 나왔다.

몇몇 아주머니들이 아파트 앞을 지나가다가 선욱에게 아는 척을 했다.

"어머, 선욱아. 이제 다 나았니?"

"세상에. 큰일 날 뻔했다면서?"

선욱은 자신에게 관심을 가져 주는 아주머니들이 귀찮기만 했다. 대충 괜찮다고 대답한 후, 선욱은 빠른 걸음으로 그곳을 벗어났다.

등 뒤에서 '좀 변한 것 같다', '이상하다'는 말들이 들려왔지만 선욱은 전혀 신경 쓰지 않았다.

좁은 길을 따라 조금 걸어가자 마침내 산이 나왔다. 선욱이 사는 아파트 인근에 있는 유일한 산으로, 동네 어르신들이 약수를 뜨거나 운동하기 위해 자주 찾는 곳이었다.

선욱은 좁은 등산로를 따라 산을 올라갔다.

10분가량 걸었을까.

선욱은 숨이 턱까지 차오르는 것을 느꼈다.

"헉헉헉헉! 미, 미치겠군. 체력이 이렇게 약해서야……."

얼마 가지 못하고 결국 선욱은 근처 풀밭에 대자로 뻗었다.

머리가 핑 돌았고 하늘이 노랗게 보였다.

"마나홀이고 뭐고 몸부터 만들어야겠군."

선욱은 잠시 숨을 고른 후, 다시 산을 올랐다.

"쯧쯧쯧, 젊은 친구가 체력이 상당히 약하구먼."

동네 영감님 한 분이 약수를 떠갈 커다란 통을 들고 선욱을 쉽게 지나쳐 올라갔다.

선욱의 코가 실룩거렸다.

'저, 저 영감탱이가……. 젠장! 저런 영감에게 추월까지 당하다니……. 좀 움직여라, 이 저주받을 육신아!'

선욱은 땀을 비 오듯 흘리며 미친 듯이 올라갔다.

앞서 걸어가고 있는 생수통을 든 영감이 눈에 들어온다.

'조금만 더…….'

선욱은 악착같이 걸음을 옮겼다.

마침내 생수통을 든 영감의 뒤를 바짝 따라붙었다.

영감이 코끼리처럼 숨을 내쉬는 선욱의 호흡 소리에 고개를 돌리더니 흠칫하는 표정을 지었다.

"크험!"

영감이 속도를 내기 시작했다.

지난 10년간 하루도 빠지지 않고 약수터를 찾으며 다져진 체력이다. 나이가 들어 좀 느려지기는 했지만, 저질 체력의 3, 40대 중년보다 오히려 낫다고 자부한다.

영감과 선욱 사이의 거리가 조금 벌어졌다.

'킁! 그럼 그렇지. 제깟 놈이 그래 봐야……'

영감이 회심의 미소를 지으며 약간 속도를 늦췄다. 얼마 지나지 않아 다시 거친 호흡 소리가 등 뒤에서 들린다.

'이놈이……'

영감이 다시 피치를 올렸다.

그렇게 영감과 선욱은 경쟁이라도 하듯 산을 올랐다.

얼마나 올라갔을까.

"헉헉헉헉!"

"헥헥헥!"

두 사람이 거친 숨을 몰아쉬며 정상의 약수터를 코앞에 두고 있다.

영감은 상당히 지친 듯 생수통을 쥔 손을 부르르 떨었고, 선욱은 아예 인간의 몰골이 아닐 정도다.

약수터가 점차 다가온다.

10미터, 9미터, 8미터……

'으으으! 질 수 없다!'

영감은 노익장을 과시할 절호의 기회를 놓칠 생각이 없었고, 선욱은 노인보다 저질 체력이라는 오명을 뒤집어쓴 채 살고 싶지 않았다.

거의 어깨를 나란히 하고 있던 두 사람.

어느 순간 선욱이 조금 앞으로 치고 나왔다.

"크으으!"

영감이 괴상한 소리를 내더니 다시 역전시켰다.

우직!

섬뜩한 소리와 함께 선욱의 얼굴에서 피가 튀었다.

선욱이 아랫입술을 강하게 물어 버렸기 때문이다.

선욱은 시뻘건 선지피를 한 모금 뱉어 내더니 다시 영감
을 추월했다.

3미터, 2미터, 1미터, 마침내……. 골인!

"헉헉헉헉!"

"헥헥헥헥!"

선욱과 영감은 누가 먼저라 할 것도 없이 그 자리에 뻗었
다.

약수터에서 물을 뜨고 있던 동네 아주머니들이 두 눈을
휘둥그레 뜨고는 두 사람을 쳐다보았다.

"저분 지호 할아버지 아냐?"

"그러게. 왜 저러시지?"

"어머! 옆에 있는 청년 좀 봐. 입에서 피를 흘려."

"경찰에 신고해야 하는 시추에이션 아냐?"

한 아주머니가 주머니에서 핸드폰을 꺼냈다.

그녀가 전화를 걸기 일보 직전에 선욱이 몸을 일으켰다.

노인은 아직 몸을 일으키지 못했다. 아무래도 젊은 사람이 회복은 빠른 모양이다.

선욱이 노인을 내려다보더니 회심의 미소를 지었다.

"영감님, 내가 이겼군요. 하아! 하아!"

영감이 눈을 부릅떴다.

호로자식, 사가지 없는 놈, 아래위도 없냐는 등등의 말을 쏟아 내고 싶었지만 영감은 숨을 쉬기에도 벅찼다.

선욱이 소매로 입을 쓱 닦더니 약수터로 걸어갔다.

줄을 서 있던 아주머니들이 분분히 길을 터 주었고, 선욱은 그 사이를 지나갔다.

벌컥벌컥!

약수를 마음껏 마시자 어느 정도 힘이 돌아왔다.

선욱이 주변을 둘러보았다. 제법 널찍한 공간이 있었고, 사람들이 베트민을 치고 있었다. 그리고 한 곳에는 헬스 기구들이 설치되어 있었다.

'이곳에도 사람들의 눈이 많군. 그래도 어쩔 수 없지. 몸을 단련하는 건 사람들이 봐도 상관없을 테니.'

선욱은 곧바로 헬스 기구들이 설치된 곳으로 갔다. 엉성하기는 하지만 아령이나 벤치프레스 등 기본적인 몸을 만들기 위한 기구들은 다 준비되어 있었다.

몇몇 중년 아저씨들이 그곳에서 기구를 이용해 운동을 하고 있었다. 나름 열심히 하는 것 같았지만, 선욱이 보기에는 대충 하는 것에 지나지 않았다.

그때, 뒤에서 호통 소리가 들려왔다.

"이놈!"

고개를 돌려 보니 조금 전에 빨리 산에 오르는 경쟁을 펼쳤던 노인이었다.

"이런 버르장머리 없는 놈! 너는 아래위도 없느냐?"

"예? 그게 무슨 말입니까?"

"어른에게 양보를 해야지! 끝까지 이겨야겠더냐?"

"죄송하게 되었습니다. 저도 지기 싫어하는 성격이라서요."

"크흠! 고얀 녀석! 한데…… 너는 누구냐?"

"강선욱이라고 합니다. 효명 아파트에 삽니다."

"효명 아파트라고? 흠. 나와 같은 아파트군. 그래, 여기서 운동을 하려고?"

"그렇습니다. 얼마 전까지 병원에 있다가 나와서 몸이 많이 허약합니다."

"저런! 젊은 나이에 왜 병원에……?"

"사고가 좀 있었습니다."

"사고라고?"

"오토바이 뺑소니 사고를 당했습니다."

"아! 그럼 네가 109동에 사는 강씨 집안의 자식이냐?"

"예. 109동에 삽니다."

"허! 크게 다쳐서 잘못될지도 모른다고 소문이 돌던데, 그래도 다행이구나."

선욱은 아파트 단지의 소문이 무섭다고 내심 생각했다.

"고맙습니다."

"그래. 뺑소니범은 잡았느냐?"

"아버지가 경찰에 신고를 하긴 했는데, 아직 소식이 없습니다."

"쯧쯧쯧, 그런 쓰레기 같은 놈은 꼭 잡아서 법의 심판을 받게 해야 할 텐데……. 그럼 열심히 운동해라. 빨리 건강을 회복해야지. 크험!"

노인은 뒷짐을 지고 걸어갔다.

선욱은 다시 헬스 기구장으로 시선을 돌렸다.

그러자 비어 있는 벤치프레스가 보여 그곳으로 갔다.

선욱은 벤치프레스에 누워 역기를 들어 보았다. 가장 가벼운 것이라 그런지 지금 선욱이 지닌 힘으로도 쉽게 들렸다.

선욱은 역기를 들었다 놓기를 반복하며 헛웃음을 지었다.

전생에서 처음 수련을 시작하던 때가 생각났던 것이다. 그 세상에서는 이런 헬스 기구는 아예 존재하지도 않았다. 그래서 무조건 뛰고 또 뛰어서 하체 근력을 기르고 심폐기능을 강화시켰다. 그리고 무거운 물건들을 들었다 놓기를 반복하면서 근력을 높였고, 높은 나뭇가지 위에 서서 담력과 평행 감각을 키웠다.

하지만 지금 세상에는 다양한 운동기구들이 발달되어 있었다. 합리적이고 효율적으로 근육을 키울 수 있는 좋은 기구들이었다.

선욱은 팔이 끊어질 듯 아플 때까지 역기를 반복해서 든후, 벤치프레스에서 일어났다.

"휴우!"

땀이 비 오듯 흘렀고, 온몸이 물먹은 솜마냥 나른했다.

"다시 뛰어야겠군."

원래 몸이 탈진할 정도로 힘이 빠진 상태에서 한 번 더움직이는 것만큼 운동 효과가 확실한 것은 없다.

문제는 정신력이다. 강한 정신력으로 신체를 끊임없이한계로 몰고 간다면, 강한 근육과 튼튼한 몸은 짧은 시간에키워 낼 수 있다.

선욱은 헬스 기구들을 이용해 운동을 하다가 주변을 걷거나 뛰기를 반복했다. 그렇게 2시간가량이 지나자 더 이상 몸을 움직일 수 없을 정도가 되었다.

선욱이 가쁜 숨을 몰아쉬며 헬스 기구장 한구석에 대자로 뻗었다. 그리고 주위에 있던 사람들이 질린다는 표정으로 선욱을 쳐다보았다.

그동안 선욱을 지켜보고 있던 사람들은 그가 도대체 인

간이기는 한지 의심스러울 지경이었다. 막말로 목숨 걸고 운동하는 사람은 처음 보았던 것이다.

선욱은 그야말로 다 죽어 가는 사람처럼 비틀거리며 산을 내려갔다.

약수터의 동네 아저씨와 아줌마들이 선욱의 뒤에서 수군거렸다.

"저 청년은 도대체 누구야?"

"아까 지호 할아버지가 그러던데 109동에 사는 강씨 집안의 아들이래. 얼마 전에 오토바이 뺑소니 사고가 나서 다 죽어 간다고 하던 그 학생이야."

"세상에! 그래도 회복했나 보네? 다행이야."

선욱은 그들의 수군거림을 뒤로하고 산을 내려와 집으로 돌아갔다.

"다녀왔습니다."

"그래, 선욱아. 어딜 갔다……. 헉! 서, 선욱아! 도대체 뭘 하고 왔기에 옷이 그래? 그리고 입술은 왜 부어 있어?"

"조금 넘어졌습니다."

"세상에! 그러게 조심을 하지……. 어서 병원에 가자."

아들이 사경을 헤맸던 사실이 아직도 마음에 남았는지, 선욱이 조금 다쳤어도 어머니는 병원 이야기부터 꺼낸다.

"괜찮습니다. 잠시 쉬어야겠습니다."

"하지만……."

"제가 알아서 하겠습니다. 믿어 주십시오."

"선욱아……."

어머니가 선욱을 물끄러미 쳐다보았다. 아프기 전과 지금은 달라도 너무 다르다. 항상 '네네' 하며 말 잘 듣던 귀여운 아들은 어디 가고, 지금은 전혀 다른 사람이 된 것처럼 보인다.

하지만 어머니는 지금의 선욱이 왠지 듬직하고 믿음이 갔다.

"그래. 알았다. 일단 쉬어라."

선욱은 방으로 들어가 기절하듯 깊은 잠에 빠져들었다.

이른 새벽.

선욱은 눈을 떴다. 온몸이 찌뿌둥하고, 아프지 않은 곳이 없다. 마치 근육들이 일제히 들고 일어나 살려 달라고 비명을 지르는 듯하다.

창밖을 보니 동이 트기 직전인 듯 어슴푸레하다.

시계를 보니 새벽 5시. 제법 선선한 바람이 불어오기 시작하는 10월 중순의 가을이다. 운동하기에는 최적의 날씨였다.

문득 침대 이 층을 보니 비어 있다. 동생이 들어와 잠들었다가 다시 깨어서 나간 것도 모르고 깊은 잠에 빠졌던 스스로가 부끄러웠다.

'이 녀석은 아침 일찍 나간 모양이군.'

선욱은 곧바로 추리닝으로 갈아입고 아파트를 나섰다.

숨을 깊이 들이쉬자 새벽의 서늘한 공기가 폐를 가득 채웠다.

"휴우! 그래도 아침 공기는 나쁘지 않군."

원래 새벽에는 정기가 가장 맑고 강하다. 그래서 도인들도 새벽 수련을 중히 여긴다.

선욱은 어제 갔던 길을 따라 산으로 올라갔다.

아줌마, 아저씨들 몇몇이 물통을 들고 산을 오르고 있었다.

처음부터 온몸이 삐걱거렸다.

뭉친 근육이 비명을 지르고, 심장은 터질 듯 벌렁거린다.

얼마 오르지도 않았는데 땀이 비 오듯 쏟아졌고, 거무스름한 하늘이 노랗게 보일 지경이다.

선욱은 황소처럼 거친 숨을 몰아쉬면서도 걸음을 멈추지 않았다. 주위에 있던 등산객들이 의아한 표정으로 선욱을 쳐다보았다.

마침내 선욱은 한 번도 쉬지 않고 산에 올랐다.

헉헉헉!

'그래도 어제보단 조금 낫군. 부지런히 수련한다면 차차

나아지겠지.'

선욱은 숨을 가라앉힌 후, 약수를 마셨다.

그때 어디선가 쿵쿵거리는 소리가 들렸다.

멀지 않은 곳에 커다란 소나무가 서 있었는데, 그 아래에 샌드백이 걸려 있다. 그리고 지금 건장한 체격의 사내가 주먹이나 다리로 샌드백을 치고 있었다.

'저 녀석은…….'

선욱의 동생 선민이었다.

공부에 별 취미가 없는 녀석이 이른 아침부터 일어나 웬일로 학교에 갔나 싶었는데, 아니나 다를까 산에 올라와 운동을 하고 있다.

퍽! 퍼억!

샌드백을 치는 소리가 제법 둔중하다.

선욱은 그 소리만 듣고도 선민의 실력이 어느 정도인지 알 수 있었다.

'한심하군.'

사실 선민은 형으로부터 이런 소리를 들을 정도의 실력은 아니었다.

선민은 어려서부터 운동신경이 남달리 좋았고, 해 보지 않은 운동이 없다.

검도, 합기도, 태권도 등……. 그가 지닌 단증의 단수를 합치면 10단이 넘어간다. 그리고 고등학생이 되어서는 이

종격투기 체육관에 다니기 시작하더니, 얼마 전에는 사범이 프로로 전향해도 되겠다며 대회에 나가라고 권유까지 할 정도다.

고2가 되어서는 3학년 선배 주먹들을 모두 제압했고, 인근 세 개의 고등학교 주먹들까지 평정했다. 이른바 일산 일대의 통이 된 것이다.

선민이 그렇게 되기까지 부모님의 속을 무던히도 썩였다. 부모님들은 학교 교장실 문턱이 닳도록 드나들며 선민이 일으킨 문제를 수습해야 했다.

그런데 고3이 되어서는 좀 변했다. 이미 일산을 평정한 그에게 덤비는 학생은 더 이상 나타나지 않았던 것이다. 게다가 '소나무'라는 불량 음성 서클의 장 자리까지 맡고 있으니 그가 직접 주먹을 쓰는 일은 거의 없어졌다.

선욱이 잠시 선민을 쳐다보며 고민하는 표정을 지었다.

'그래도 저 녀석은 남자다운 데라도 있으니……'

선욱은 동생에게 다가갔다.

"어라! 형!"

"언제 왔느냐?"

"조금 전에 왔어. 그런데 형 진짜 여기서 운동하는구나. 어제 엄마가 그러던데 아주 만신창이가 되어서 돌아왔다고."

"빨리 회복하려면 별수 있어?"

"하하하, 운동이라고는 거의 담을 쌓고 살더니……. 그래도 다행이야. 형이 회복해서 이렇게 운동도 하니 말이야."

"녀석. 그건 그렇고 지금 뭐 하는 거냐?"

"뭐 하긴? 보면 몰라? 샌드백 치잖아."

"다시 한 번 쳐 봐라."

"뭐?"

"주먹 쓰는 법이 틀렸다."

선민이 두 눈을 휘둥그레 떴다.

"형이 지금 내게 주먹 쓰는 법에 대해 말하는 거야?"

선욱이 그를 물끄러미 쳐다보았다.

선민은 한동안 선욱을 쳐다보더니 갑자기 웃음을 터뜨렸다.

"우하하하하! 우리 형님께서 언제부터 주먹을 아셨대? 우하하하."

"그만해라."

나지막한 목소리지만 기이하게 위엄이 느껴진다.

선민이 흠칫하더니 형을 쳐다보았다.

많이 달라졌다. 병원에서 보았을 때 느낀 거지만 지금의 형은 과거의 그가 절대 아니다.

"그러니까…… 형이 지금 내게 주먹 쓰는 법을 가르쳐 주겠다고?"

선욱이 고개를 끄덕였다.

"그래."

"형, 지금 장난치는 거지?"

"내가 그렇게 한가해 보여?"

선민은 선욱의 표정에서 진심을 읽었다.

장난기라고는 조금도 보이지 않는다.

"좋아…… 이걸 보고도 그런 말이 나오는지 보자구."

선민이 잠시 숨을 고르더니 라이트 훅을 샌드백에 꽂아 넣었다.

퍽!

샌드백이 옆으로 휘어지듯 튀어 나가더니 한동안 휘청거렸다.

선민이 회심의 미소를 지으며 형을 쳐다보았다.

자신만만한 표정이다.

하지만 그의 표정은 이내 일그러졌다.

혀를 차며 고개를 절레절레 흔드는 형 때문이다.

"틀렸다. 그런 주먹으로는 파리 한 마리 죽이지 못한다."

"뭐? 파, 파리?"

"잘 봐라."

선욱이 샌드백 앞에 서서는 심호흡을 한 차례 했다.

선민이 두 눈을 크게 뜨고 형을 지켜보았다. 도대체 뭘 어떻게 할 거냐는 눈빛으로 말이다.

선욱은 주먹을 자연스럽게 말아 쥐더니 몸을 살짝 좌측

으로 비틀었다. 그와 동시에 그의 주먹이 샌드백의 옆구리에 적중했다.

빵!

마치 압축된 공기가 터져 나오는 듯한 소리가 샌드백에서 울려 퍼졌다.

오른쪽 발가락에서 시작된 힘이 무릎과 허리, 그리고 어깨, 손목을 거치며 몇 배로 증폭되어 폭발한 것이다.

선민의 입이 딱 벌어졌다.

샌드백이라면 좀 친다는 그다. 아니, 좀 치는 정도가 아니라 프로 격투기 선수급과 비교해도 거의 떨어지지 않는 실력이다.

하지만 그런 선민이라도 방금 울린 것과 같은 소리는 결코 만들어 낼 수 없다. 거기에는 힘이 아니라 완벽한 기술이 녹아들어야 하기 때문이다.

'저, 저런 소리를 만들 수 있는 사람은 프로 격투기 선수들밖에 없는데…… 어떻게 형이……?'

그는 우연일지도 모른다고 생각했다.

무심코 던진 돌에 개구리가 맞는다고 했다. 보통 사람이 아무 생각 없이 주먹을 휘둘렀는데, 때마침 완벽한 힘의 균형이 이루어져 뜻밖의 강편치를 구사할 때가 있다.

드물기는 하지만 분명히 일어나는 일이다. 하지만 그런 펀치를 마음먹은 대로 발휘하려면 엄청난 노력과 훈련이 필요하다.

"다시 한 번 할 수 있어?"

"믿지 못하는구나. 좋아. 너니까 특별히 한 번 더 보여 주지. 주먹보다는 내 몸을 살펴라. 특히 발목과 허리의 움직임이 중요하다."

선민은 조금 떨어져서 눈을 크게 뜨고는 선욱을 노려보았다.

선욱이 심호흡을 한 차례 하더니 다시 주먹을 휘둘렀다.

빠앙!

조금 전보다 더 큰 소리가 들렸다.

엄청난 위력의 주먹이었지만 이상하게도 샌드백은 거의 움직이지 않았다.

선민은 입을 딱 벌리더니 믿을 수 없다는 표정을 지었다.

"와, 완벽한 자세! 퍼펙트한 회전…… 이럴 수가……."

선민이 선욱의 얼굴 앞에 코를 디밀었다.

"잘 봤어?"

"워낙 순간적이라……."

"발끝에서 시작된 힘이 근육과 관절을 타고 올라오면서 위력이 증가되어야 한다. 그리고 그때 마나가…… 음. 그건 그만두지. 어쨌든 중요한 건 회전에서 얻어지는 힘이다. 그것만 명심해."

사범들이 가르치는 것과 같은 말이다.

물론 선민도 그런 방법을 잘 알고 있다. 하지만 문제는 알고 있어도 할 수가 없다는 점이다. 완벽한 방법과 기술을 잘 알고 있지만 그것을 현실에서 실현시키는 건 전혀 다른 문제다.

선민이 굳은 표정으로 선욱에게 물었다.

"도대체 언제 그런 걸 배웠어? 하루 이틀 연습한 수준이 아닌데?"

"선민아, 이 형도 알고 보면 주먹 좀 썼다."

"뭐? 형이 주먹을 썼다고?"

"몰래 연습도 많이 했어. 그냥 그렇게 알아."

선민이 믿을 수 없다는 표정으로 고개를 절레절레 흔들었다. 하지만 선욱이 직접 샌드백 치는 모습을 보니 믿지 않을 수도 없는 일이다.

"내가 아는 형은 주먹의 '주' 자도 모르는 사람이었어. 오죽하면 중학생 때 초등학생에게 맞고 와서……."

"조용히 해라!"

선욱의 얼굴이 붉어졌다. 결코 떠올리고 싶지 않은 과거의 기억이다. 선욱은 쥐구멍이라도 있으면 들어가 숨고 싶을 정도로 수치를 느꼈다.

'으! 한심한 그놈 때문에 내 꼴이 말이 아니군.'

선민이 피식 웃더니 다시 말했다.

"그랬던 사람이 병원에 다녀와서는 프로 격투가들이나

날릴 법한 주먹을 쓴다? 형이라면 이해할 수 있겠어?"

선욱은 선민이 자꾸 자신을 이상하게 보자 괜한 짓을 했나 싶었다.

선민이 진지한 표정으로 선욱에게 물었다.

"형, 한 가지 물어보자. 내가 일곱 살 때 장난감 자동차 타고 많이 놀았지. 그런데 동네 형이 그 자동차를 망가뜨리지 않았어? 그 형 이름이 뭔지 알아?"

선욱은 과거의 기억을 떠올렸다. 그러자 선민이 말한 내용이 기억났다.

"장철진!"

"어! 정말 아네?"

"네가 그 녀석과 심하게 싸우다가 머리가 터지기까지 했는데 기억하지 못할 리가 있어?"

"난 형이…… 다른 사람인 줄 알았어. 마치 영화에서 본 것처럼……."

"쓸데없는 생각은 마라. 나는 강선욱이고 네 형이다."

"그건 인정하지. 휴! 어쨌든 다행이다. 그리고 형이 이렇게 변한 거 마음에 들어. 사실 지금 생각으로는 형을 그렇게 만든 폭주족 새끼에게 고맙다고 말하고 싶을 정도야."

순간, 선욱의 머리에 폭주족이 떠올랐다.

— 병신 새끼! 눈을 어디다 달고 다니는 거야?

— 규철아! 뭐해? 튀어!

머리를 심하게 다쳐 길바닥에 쓰러진 강선욱의 귀에 들린 마지막 소리가 이것이었다.

갑자기 마음속에서 분노가 솟구친다. 얼마 전까지만 해도 별다른 느낌이 없었는데, 강선욱의 기억을 자꾸 떠올리고 또 그의 삶에 깊이 들어가자 좀 변한 모양이다.

'규철이라……'

선욱은 폭주족의 이름과 얼굴뿐만 아니라 오토바이의 모양까지 알고 있다. 마음먹고 찾는다면 찾지 못할 이유는 없다.

'일단 몸을 만든 후에 처리해야겠군.'

한 번 당했던 상대에게 되갚아 주지 않으면 남자가 아니다.

적어도 지욘프리드는 전생에서 그렇게 살았다.

선민이 훨씬 부드러워진 목소리로 물었다.

"그런데 주먹 괜찮아?"

"물론 괜찮……."

선욱이 자신의 손을 들어 올리다가 말을 흐렸다. 오른쪽 손목이 퉁퉁 부어 있었던 것이다.

선욱의 몸 상태는 지욘프리드의 완벽한 기술이 들어간 주먹을 감당하기 어려울 정도로 허약했다.

선욱이 서둘러 손목을 손으로 가렸다.

"뭐야? 부었잖아!"

"괜찮아. 조금 삔 모양이다."

"조금 삐긴! 어서 손 줘 봐."

선민은 억지로 선욱의 손을 잡고 살폈다.

"이런. 손목에 충격이 많이 갔나 보네. 빨리 찜질을 해야 해."

선민은 자신이 가져온 수건을 약수에 적셔 왔다. 그러고는 선욱의 부운 손목을 감쌌다.

"괜찮다니까!"

"안 괜찮다니까!"

"이 녀석이……."

"왜? 고마워서 뽀뽀라도 해 주려고?"

선욱은 자신을 빤히 쳐다보는 동생의 눈을 더 이상 바라보지 못하고 고개를 돌렸다.

헛기침을 하면서 어색해하는 그의 모습을 보고 선민이 피식 웃었다.

한동안 선욱의 손을 잡고 찜질을 하고 있던 선민이 벌떡 일어났다.

"어! 벌써 왔네."

선민이 갑자기 소리치더니 약수터로 걸어갔다.

한눈에 보기에도 눈에 번쩍 띌 만한 예쁜 여자가 추리닝 차림으로 나타났다. 얼굴이 앳된 것으로 보아 여고생이 분명하다.

선민은 곧바로 그녀에게 다가갔다.

"민경아!"

선민이 전에 없이 밝은 표정으로 그녀를 불렀다.

3장

두 동생들

선욱은 민경이라 불린 여학생을 쳐다보았다.

몸매도 잘 빠졌고, 키도 클 뿐 아니라 얼굴도 무척 예쁘다. 어디 가더라도 당장 퀸카로 불릴 만하다.

하지만 민경이라 불린 여학생은 선민의 모습을 보고는 미간을 살짝 찌푸렸다. 별로 달갑지 않은 표정이다.

"으응……. 왔어?"

그녀는 억지로 인사를 한 후, 팔다리를 움직이며 몸을 풀었다.

선민은 그런 그녀의 마음을 아는지 모르는지 계속 말을 걸었다. 그녀는 대충 대답을 하면서 체조에 열중했다. 선민과 대화를 나누는 게 별로 마음에 들지 않는다는 기색이 역력하다.

선욱이 고개를 갸웃거렸다.

자신이 아는 선민은 누군가에게 무시당하는 건 참지 못하는 성격이다. 그럼에도 불구하고 선민은 민경의 곁을 떠나지 못했다. 그녀를 좋아하는 마음이 꽤 큰 모양이다.

선욱이 그런 동생을 보고 혀를 찼다.

"쯧쯧쯧, 힘만 생기면 여자는 얼마든지 얻을 수 있을 텐데……."

지욘프리드는 젊어서는 여자들에게 인기가 별로 없었다.

무뚝뚝한 성격에 검이라는 한길만 파는 외골수였던 그가 무슨 매력이 있었겠는가.

하지만 그가 엑스퍼트를 거쳐 대륙에서 몇 명 안 된다는 마스터의 경지에 이르자 여자들이 뒤에 줄을 섰다. 아니, 여자들뿐만 아니다.

평민 출신의 기사라 하여 평소 그를 하찮게 여기던 귀족들조차 서로 모셔 가려고 경쟁을 벌였을 정도다.

결국 황제의 딸과 가정을 꾸리기는 했지만, 지욘프리드는 여자에 별 관심이 없었다. 오히려 싫어했다. 여자는 돈과 권력에 울고 웃는 지극히 속물적인 동물이라 느꼈기 때문이다.

그때, 선민이 선욱을 향해 손을 흔들었다.

"형! 이쪽으로 와 봐."

선욱이 미간을 찌푸렸다.

'쓸데없는 짓을……'

동생이 좋아하는 여학생 앞에서 자신을 부르는데 모르는 척할 수는 없었다.

결국 선욱은 마지못해 동생에게 다가갔다.

"형, 내 친구 민경이야. 민경아, 우리 형이다. 인사해."

그녀가 선욱을 향해 머리를 꾸벅 숙였다.

"안녕하세요. 하민경입니다."

선욱이 내심 고개를 끄덕였다.

'그래도 제법 예의를 갖추는 것을 보니 버르장머리가 없는 계집아이는 아니군.'

선욱이 무뚝뚝한 표정으로 말했다.

"강선욱이다."

"예? 아, 예……."

의외로 차가운 목소리에 민경은 다소 놀란 듯했다.

"형, 여기 더 있다 갈 거야?"

"그래."

"그럼, 나 먼저 내려갈게."

선욱이 고개를 끄덕이더니 먼저 등을 돌려 헬스 기구장으로 걸어갔다.

민경이 그런 선욱의 등을 쳐다보며 어이가 없다는 표정을 지었다. 사람으로부터, 특히 젊은 나이대의 남자들로부터 이처럼 무시당한 건 정말 처음 있는 일이었다.

"저 사람…… 정말 네 형이니?"

"그래. 사실, 얼마 전에 머리를 심하게 다쳤어. 거의 죽을 뻔했다가 살았는데, 그 후에는 성격이 좀 쿨하게 변했어."

"뭐? 쿨해?"

민경의 목소리가 날카로워졌다.

선민은 민경이 왜 갑자기 화를 내는지 몰라 두 눈을 크게 떴다.

민경이 새치름한 표정을 짓더니 등을 홱 돌려 산을 내려가기 시작했다.

"민경아!"

민경의 뒤를 쫓아가는 선민의 뒷모습을 쳐다보며 선욱이 혀를 찼다.

"쯧쯧쯧, 애는 애로구나."

그렇다.

선민이 아무리 일산을 평정한 고교 주먹 짱이라지만 아직 애는 애였다.

선욱이 벤치프레스로 걸어갔다.

선욱은 이날도 한계에 이를 때까지 몸을 단련한 후, 집으로 돌아갔다. 그리고 집에서는 주로 방에 앉아 마나 수련을 했다. 마나 수련을 할 때에는 방해를 받지 않아야 하기 때문에 방문을 꼭 잠갔다.

선욱은 하루도 쉬지 않고 새벽에 나가 몸을 단련하고, 집에서는 마나 수련을 했다. 마나 수련은 거의 효과가 없었지만, 그래도 몸은 예전보다 훨씬 좋아졌다.

혼수상태에서 깨어난 지 보름 만에, 사고를 당하기 전의 상태까지 돌아온 것이다.

그동안 선욱은 선민과 함께 산에 올랐다.

선민이 약수터에 가는 이유는 간단했다. 민경을 만나기 위해서다.

선욱은 선민에게 틈틈이 주먹 쓰는 법을 가르쳐 주었다.

선민보다 훨씬 허약한 그가 가르친다는 사실이 좀 우스웠지만 선민은 그의 말을 잘 따랐고, 덕분에 요즘 그의 주먹은 예전에 비해 훨씬 강하고 빨라졌다.

오늘도 새벽부터 약수터에 나온 두 사람은 샌드백 앞에서 주먹을 휘두르고 있었다.

빵! 빵!

선민이 두드리는 샌드백에서 맑고 경쾌한 소리가 터져 나왔다.

"어때, 형?"

선민은 만족스러운 표정으로 선욱을 쳐다보았다.

선욱은 무표정한 얼굴로 고개를 가로저었다.

"아직 멀었다."

"쳇!"

"하체의 힘이 상체로 전달되는 과정이 약해. 그래 가지고는……."

"파리 한 마리 잡기 힘들다?"

"잘 아네."

"귀에 못이 박혔으니까. 그런데……."

선민이 약수터로 고개를 기울였다.

그 모습을 본 선욱이 말했다.

"오늘은 좀 늦군."

"응? 으응! 그러게."

"그 애가 그렇게 좋아?"

"애라니! 제수씨가 될 사람에게……."

"정말 결혼이라도 할 생각이야?"

"물론이지. 민경이는 내 여자가 될 거야."

"훗! 고등학교 졸업도 못 한 녀석이……. 정말 그 애를 얻고 싶으면 힘을 가져."

"뭐?"

"여자를 차지하기 위한 가장 효과적이고 확실한 방법이다."

선민이 눈을 휘둥그레 떴다.

"세상에……. 이 시대의 마지막 로맨티스트가 어떻게 그렇게 변했지? 그건 쿨한 것과 거리가 좀 먼데……."

"여자라는 동물은 원래 그렇다. 힘과 권력에 약하지."

"그건 여자뿐만이 아닐 텐데? 세상 사람들 모두가 그럴 걸?"

"여자들이 특히 더하다."

"큭큭큭! 이럴 때 보면 오히려 옛날의 형이 그립기도 하고…… 아! 저기 오는군. 한데……."

"꼬리가 달렸군."

민경이 달고 온 꼬리는 이십 대 후반에서 삼십 대 초반으로 보이는 여자였다.

키도 크고 몸매가 늘씬할 뿐 아니라 얼굴도 상당히 예뻤다. 민경이 피어나기 직전의 꽃봉오리 같다면 그녀는 만개한 꽃이었다.

선민이 그녀에게 다가가 인사를 했다.

"민경아! 왔니?"

민경이 가볍게 한숨을 내쉬었다.

"휴. 그래."

"한데, 누구……시니?"

"몰라도……."

민경의 말이 끝나기 전에 꼬리가 말했다.

"안녕? 난 민경이 이모야. 네가 바로 강선민이라는 학생이구나?"

"아! 안녕하세요, 이모?"

"호호호, 벌써 이모래. 붙임성이 좋네?"

"그런데 어떻게 저에 대해서 아시죠?"

"민경이가 가끔……."

"이모! 무슨 소릴 하려는 거야!"

"어머! 얘는? 왜 갑자기 소릴 지르고 난리야?"

"쓸데없는 소릴 하려니까 그렇지. 빨리 물 떠서 내려가."

"오랜만에 공기 좋은 곳에 왔는데 좀 쉬다 가자. 아! 좋다!"

이모가 두 팔을 벌리고 하늘을 쳐다보며 숨을 들이켰다.

그때, 선민이 선욱을 향해 뛰어가더니 낮은 목소리로 말했다.

"형! 기회가 왔어!"

"무슨 기회?"

"그거 몰라? 여자를 얻으려면 가족을 공략하라! 연애 수칙 삼 위가 바로 그거야."

"그래서?"

"이모라잖아! 형이 좀 도와줘. 분위기 잘 좀 만들어 달란 말이야."

"쓸데없는 짓을……."

"형! 동생이 하는 부탁인데 정말 그렇게 나올 거야?"

선욱이 쓴 입맛을 다시더니 어쩔 수 없다는 표정으로 고개를 끄덕였다.

"알겠다. 어떻게 해 줄까?"

"너무 쿨하게 나가지 말고, 제발 정중하게 대해 줘. 최대한 예의를 갖춰서 말이야."

"좋아. 그 정도는 해 주지."

"고마워, 형."

선민이 형을 이끌고 민경과 이모에게 다가갔다.

선욱이 다가오자 민경이 그에게 인사를 했다.

"안녕하세요."

선욱이 무뚝뚝한 표정으로 고개만 살짝 끄덕였다.

이모가 의아한 표정으로 물었다.

"이 학생은 누구지?"

선민이 대답했다.

"제 형입니다. 대학생이에요. 형, 민경이 이모야. 인사드려."

선욱이 살짝 고개를 숙이며 말했다.

"강선욱입니다."

"어머 반가워요. 난 민경의 이모 신수지라고 해요."

그녀가 선욱을 향해 손을 내밀었다.

선욱이 그녀의 손을 잡고는 허리를 숙여 손등에 입을 살짝 맞추었다.

모두들 벙찐 표정으로 선욱을 쳐다보았다.

"혀, 형! 그게 도대체……."

"세상에 피어 있는 모든 꽃들을 다 합쳐도 당신만큼 아름다운 여인은 없을 것입니다. 그대의 눈동자는 호수처럼 깊고, 목소리는 깊은 계곡을 타고 불어오는 바람보다 그윽하군요."

민경은 '뭐 이런 사람이 다 있지' 였고, 선민은 '망했다'는 표정이다. 하지만 정작 이모의 표정은 달랐다. 마치 꿈꾸는 소녀라도 된 것처럼 몽롱한 표정을 짓고 있으니 말이다.

"이, 이모. 괜찮아?"

"응? 아……. 민경아, 내 어릴 적 소원이 뭐였는지 아니?"

"뭐였는데?"

"멋진 기사가 내게 다가와 영화에서처럼 사랑을 고백하는 거."

"이모, 그래서 지금 기분이 괜찮다는 뜻?"

"당근이쥐! 호호호. 세상에! 잠시이긴 했지만 정말 내가 과거의 소녀로 돌아간 기분이었어. 고마워요. 강선욱이라고 했나요?"

"예."

"혹시…… 연극영화과 다니거나 아니면 연기 연습하고 있는 거예요?"

"아닙……."

선욱이 대답하려는 순간 선민이 재빨리 나섰다.

"정확히 맞히셨습니다. 형은 연기자 되는 게 꿈이에요. 그래서 요즘 항상 사극 대본 연습을 하시죠."

"아! 그렇구나. 한데, 나이가……."

"스물둘이에요. 저보다 세 살 많아요."

"그래? 나하고 크게 차이는 안 나네?"

민경이 흠칫하더니 '무슨 소리를?' 이라는 표정으로 이모를 쳐다보았다.

이모가 그런 민경에게 강한 눈짓을 한 번 주었다. 함부로 나서지 말라는 뜻이었다.

그러자 민경이 한숨을 푹 내쉬더니 고개를 절레절레 흔들었다.

"그럼 말씀 나누십시오. 전 이만."

선욱의 인사에 민경과 이모가 동시에 말했다.

"네, 안녕히 가세요."

"어머! 벌써 가려고 그래요?"

"운동을 좀 해야 해서요."

민경의 이모 신수지가 물었다.

"매일 아침마다 여기서 운동하시나 봐요?"

"그렇습니다."

"그럼 어서 가 보세요."

"그럼, 다음에 뵙죠."

선욱은 곧바로 헬스 기구장으로 가더니 벤치프레스를 하기 시작했다.

"이모, 우리도 그만 내려가."

"응? 벌써?"

"이모 출근해야 하잖아."

"아차! 출근! 어서 내려가자! 오늘 중요한 회의가 있는데······."

선민이 재빨리 나서서 이모가 들고 있는 물통을 빼앗듯 들었다. 그러고는 약수를 가득 담았다.

"가시죠. 제가 들어 드리겠습니다."

"어머. 형도 그렇고 동생도 그렇고······. 숙녀에 대한 예의가 아주 바른 집안의 형제들이네?"

"하하하, 저희 집 가훈이 그겁니다. 예의 바르게 살자. 하하하."

"호호호, 그러니?"

"네, 가시죠. 제가 앞장서겠습니다."

선민이 재빨리 앞장서서 내려갔다.

그의 뒤를 따라 민경과 이모가 걸음을 옮겼다.

민경이 이모에게 입을 삐죽였다.

"쳇! 이모는 어디다 정신을 빼앗겨서······."

"내가 무슨 정신을 빼앗겼다고 그래?"

"아까 선민이 형이라는 사람에게 말이야."

"내가 언제!"

"다 봤어. 나이 차이가 얼마 안 난다고……."

"너! 내 나이 말하면 죽을 줄 알아!"

"어머! 무서워 죽겠네? 사랑을 위해 조카도 때려죽이시겠다! 뭐, 그런 시추에이션이야?"

"사랑은 무슨. 그냥 귀여워서 그렇지. 그런데 넌 왜 그 사람을 그렇게 싫어하는 말투니?"

"응? 내, 내가 언제?"

"얘는! 가만, 너 혹시……."

"혹시라니? 무슨 생각을 하는 거야?"

"그거 알아? 사랑과 증오는 동전의 양면과 같다는 거."

"말도 안 돼!"

이모가 눈을 게슴츠레 떴다.

"괜히 형제 사이에 분란 일으키지 말고 일찌감치 마음 정해."

"이모!"

"내가 보기엔 선민이라는 재도 괜찮아 보이는데? 자고로 여자란 자신을 사랑해 주는 남자에게 가는 게 제일 팔자 좋은 거야."

"고3 조카에게 무슨 소릴 하는 거야? 가긴 어딜 가?"

"호호호, 귀여운 것들. 너희들 보면 이 이모 학창 시절이 생각나서 좋다. 호호호."

"이모는 참!"

"자! 씩씩하고 힘차게 하루를 시작해 보자구! 웃샤!"

이모가 유쾌한 표정으로 만세를 부르더니 힘차게 걸음을 옮겼다.

❈　❈　❈

선영은 오늘도 수업을 마친 후 학교에서 나왔다. 원래는 밤늦게까지 학교에 남아 자습을 해야 하지만, 그녀의 경우는 부모님의 부탁으로 특별히 야자에서 제외되었다.

선영이 찾아간 곳은 지하철 두 정거장 거리에 있는 대성 매니지먼트라는 연기 학원이었다.

연기 학원에서 5시간에 걸쳐 집중적으로 노래와 연기 연습을 한 후, 그녀가 학원을 나오는 건 밤 10시에 가까웠다.

근처에 버스와 지하철이 있어 밤길이 그렇게 위험하지는 않았지만, 아무래도 선영처럼 눈에 확 띄는 외모를 한 여학생에게 안전한 곳은 드물었다.

그녀가 연기 학원에서 나오자 어머니가 기다리고 있었다.

"선영아, 수고했다."

"응, 엄마."

선영이 어머니의 팔짱을 끼고는 어깨에 얼굴을 기댔다.

165센티미터에 달하는 선영의 키는 어머니보다 조금 컸고, 몸매가 예뻐 뒤에서 보면 다 큰 아가씨로 보였다.

두 사람은 근처 버스 정류장으로 향했다.

어머니는 선영이 혼자 밤길 다니는 게 위험하다며 항상 그녀가 학원을 마칠 시간이면 앞에서 기다렸다가 함께 집으로 돌아왔다.

"선영아, 힘드니?"

"응? 아냐……."

"너 연기 학원에 다니는 거 정말 좋아했잖아. 그런데 요즘은 왜 힘이 없어?"

"내, 내가 그래 보여?"

"그래. 이 엄마는 척 보기만 하면 딸이 무슨 생각을 하는지도 다 안단다."

"피!"

"무슨 힘든 일 있니?"

"아냐. 없어……."

"그런데 요즘 표정이 왜 그렇게 어두워?"

"그냥 좀 힘들어서 그래. 특히 연기 연습이 그래. 세 시간 동안 감정을 끌어 올려 연기를 하고 나면 완전히 파김치가 된다구."

"그래?"

"응. 그리고 춤도 힘들어."

"흐이구! 불쌍한 내 새끼. 힘들어서 어쩌누."

어머니가 선영의 머리를 쓰다듬었다.

"엄마, 학원비 대기 힘들지?"

"힘들긴. 이 엄마가 선영이 학원비 정도 못 대 줄까?"

"그래도 비싸잖아. 한 달에 이백만 원이나 되니……."

"아빠가 열심히 일하시지 않니."

"응. 아빠한테 너무 미안해."

"사실 돈 들어갈 곳이라고는 별로 없어. 네 큰오빠는 스스로 등록금 벌어서 내지, 둘째 오빠는 공부와 담을 쌓았으니 학원비 들어갈 일도 없지……."

"그래도 미안해……."

"자꾸 그런 소리 할래? 유명한 가수에 연기자가 돼서 엄마 아빠 호강시켜 주겠다고 한 사람이 누구더라?"

"엄마, 나 약속 지킬게. 반드시 성공해서 엄마 아빠 호강시켜 줄 거야."

"선영아, 엄마 아빠는 그런 거 바라지도 않아. 그냥 네가 잘돼서 행복하게만 살면 돼. 엄마 아빠가 원하는 건 그거밖에 없어."

"엄마……."

선영이 어머니의 어깨에 머리를 기댔다.

어머니는 그런 딸의 머리를 부드럽게 쓰다듬었다.

집으로 돌아온 선영은 방에 틀어박혔다. 그러고는 힘없이 침대에 몸을 던졌다.

"하아!"

깊은 한숨이 그녀의 입에서 흘러나왔다.

— 선영아, 거기서는 그렇게 하면 안 돼. 등을 바로 세우고 손은 이렇게…….

선영이 갑자기 온몸을 부르르 떨더니 베개에 머리를 파묻었다. 상상만 해도 끔찍했다.

처음 학원에서 연기 수업을 받을 때에는 알지 못했다.

선영을 담당하는 권명찬이라는 매니저 겸 연기 강사는 너무 자상하고 친절하다고 느꼈을 뿐이다.

하지만 시간이 흐름에 따라 그게 아니라는 사실을 차츰 알게 되었다. 자신의 등을 쓰다듬는 그의 손길에 소름이 돋기 시작했던 것이다.

뒤에서 허리를 두 손으로 받치거나 손을 만지는 건 예사고, 호흡을 가르쳐 주겠다면 배를 쓰다듬기도 했다. 그리고 때로 그의 손길은 은근슬쩍 가슴을 스치고 지나갔다.

물론, 연기를 가르치다 보면 어쩔 수 없이 그런 일이 발생하기도 한다. 하지만 선영은 권 매니저에게 사심이 있다고 느꼈다. 자신을 바라보는 그의 눈빛 때문이다.

선영은 미칠 것 같았다. 어디 가서 하소연할 수도 없었다. 집에 이야기했다가는 난리가 날 것이고, 더 이상 연기학원에 다닐 수 없을 것이다.

그렇다고 경찰에 갈 수도 없다. 명확한 증거가 없기 때문이다.

이래저래 선영의 고민은 깊어 갈 수밖에 없었다.

"선욱아, 오늘은 네가 선영이를 좀 데려오겠니? 엄마는 오늘 저녁에 동창회에 좀 다녀와야 하는데 늦을 것 같아서 말이야."

점심시간에 어머니가 말했다.

선욱은 마나 수련을 해야 했지만, 모처럼 하는 어머니의 부탁을 거절할 수 없다.

"알겠습니다. 제가 다녀오죠."

"그래. 부탁한다."

선욱은 식사 후, 다시 산으로 올라가 몸을 단련했다. 그리고 저녁 시간에 맞춰 집으로 돌아왔다.

어머니는 이미 동창회에 가고 없었다.

동생 선민은 뭘 하는지 저녁 늦게 들어왔고, 아버지도 마찬가지였다.

선욱은 집 안에서 조용히 마나 수련을 한 후, 시간에 맞추어 밖으로 나갔다.

대성 매니지먼트.

선영은 오늘따라 집요하게 자신의 몸을 만지는 권 매니저 때문에 미칠 것 같았다.

"그게 아니라니까! 양팔을 부드럽게 올리고 가슴을 살짝 내밀면서 대사를 치란 말이야. 그래야 여성적인 매력과 우아함이 확 올라간다고."

"예……."

선영은 원래 자신감이 많은 아이였다. 항상 당당했고, 목소리나 연기에 힘이 있었다. 하지만 권 매니저의 느끼한 손길을 느낀 이후부터는 많이 위축되었다. 때문에 목소리도, 연기도 계속 기어 들어가는 형편이다.

이번에도 손을 올리며 가슴을 펴라는 매니저의 요구에도 쉽게 몸이 따라 주지 않는다.

"어휴, 선영아. 왜 그래? 좀 더 과감해지란 말이야. 예전에는 그렇지 않던데 요즘 왜 그래?"

그게 다 당신 때문이라는 말이 목구멍까지 올라왔지만 꿀꺽 삼켰다.

"안 되겠다. 오늘 나하고 어딜 좀 가자."

"네? 이 시간에 어딜요?"

"넌 좀 더 과감해질 필요가 있어. 그러니 나하고 클럽에 가서 춤을 추자. 사람들 틈에서 음악에 온몸을 맡기고 그냥 즐겨 보란 말이야."

"전 아직 고1인데요?"

"조금만 꾸미면 누가 널 고등학생으로 보겠어?"

"하지만……."

"선영아, 너 연기하기 싫니?"

"아뇨……."

"그럼 내가 시키는 대로 해. 그래야 큰다."

"네……."

선영이 고개를 숙이며 대답했다.

"그럼 지금 바로 준비해?"

"예? 마치고 가지 않나요?"

"그땐 너무 늦어. 지금 나가야 늦지 않게 집에 돌아갈 거 아냐?"

"하, 하지만 엄마가 오시기로 했는데……."

"오늘은 그냥 들어가시라고 해. 내가 집까지 태워 줄 테니."

선영이 주먹을 지그시 거머쥐었다.

이 느끼한 매니저와 함께 클럽에 가서 춤을 춰야 한다는 생각을 하니 바퀴벌레가 온몸을 기어 다니는 기분이었다.

"뭐 해? 빨리 준비하지 않고?"

선영이 아랫입술을 잘근 깨물었다.

'그래. 딴 게 뭐가 중요해? 원래 연예인이 되려면 모든 걸 버리라는 말도 있는데. 내가 나중에 성공하려면 이 정도의 어려움은 이겨 내야 해.'

선영은 아직 어리다. 그러니 단순하게밖에 생각할 수 없다.

그녀는 자신의 이 결심이 얼마나 위험하고, 또 스스로의 인생을 망가뜨릴 수 있는지 알지 못했다.

"좋아요. 지금 준비할게요."

선영이 옷을 갈아입기 위해 방으로 들어갔다.

권 매니저가 그런 그녀의 뒷모습을 쳐다보며 회심의 미소를 지었다.

"흐흐흐, 술 한잔 먹이면 정신 차리지 못하겠지? 그때 가서…… 흐흐흐."

마침내 선영이 나왔다. 자신이 준비해 둔 의상들 중 가장 섹시해 보이는 옷이었다. 깜찍하고 예쁜 그녀의 모습과 잘 어울렸다. 게다가 화장도 살짝 했다. 앳된 모습이 아직 남아 있기는 하지만, 어디 가서 대학생이라고 말해도 믿지 않을 수 없을 정도다.

권 매니저는 그런 선영의 모습을 보고 감탄했다.

'고것 참! 정말 예쁘단 말이야. 내가 맡은 애들 중에서 최고야. 잘 길들였다가 나중에 연예계로 보내면 황금알을 낳는 거위가 되겠군. 흐흐흐.'

권 매니저에게는 계획이 있었다. 선영이나 그녀의 가족이 들었다면 기절하고도 남을 끔찍한 계획이었다.

선영은 권 매니저와 함께 곧바로 학원을 나섰다.

선욱이 학원에 도착한 건 9시 50분이었다.

하지만 10시가 지나도 동생은 나오지 않았다.

'이상하군. 거의 시간을 맞춰 나온다고 들었는데……'

선욱은 이상하게 마음이 불안했다.

마나를 수련하면 감각이 발달한다. 특히 사람들이 말하는 육감이라는 능력이 생기는데, 과거 지욘프리드도 상당히 뛰어난 육감을 가지고 있었다.

선욱의 육체를 차지한 지금의 그도 미약하긴 하지만 보통 사람들보다는 뛰어난 육감을 지니고 있었다. 그리고 지금 그 육감이 불안함을 가중시키고 있다.

'뭔가 문제가 생겼어.'

선욱은 곧바로 학원으로 들어갔다.

몇몇 학생들이 대본을 외우며 연기 연습을 하고 있었고, 커다란 유리창이 달린 방 안에서 노래 연습에 열중인 사람도 있었다.

"어떻게 찾아오셨죠?"

매니저로 보이는 젊은 여인이 선욱에게 물었다.

"동생을 데리러 왔습니다."

"동생의 이름이……?"

"강선영입니다."

"아! 선영이 오빠 되시는군요. 그런데 선영이가……"

그녀가 주위를 둘러보더니 소리쳤다.

"선영이 어디 갔는지 아는 사람 있어?"

모두들 그녀를 향해 시선을 돌렸지만 안다고 나서는 사람은 없었다.

　"어라! 아무도 모르네? 애가 어디 갔지?"

　선욱은 불안감이 더욱 커지는 것을 느끼고 예리한 시선으로 주위를 살폈다.

　선영이 또래의 여학생 한 명이 한참 대본 연습을 하고 있었는데, 다소 불안한 표정으로 선욱을 쳐다보았다.

　선욱이 그녀에게 다가갔다.

　"학생, 선영이 알지?"

　이미 확신하고 있다는 표정으로 말하자 여학생이 우물거렸다.

　"그, 그게……."

　"선영이 친군가?"

　"네……."

　"선영이는 어디 갔지?"

　그녀가 잠시 주위의 눈치를 보더니 말했다.

　"잠시 나오세요."

　그녀는 선욱을 데리고 복도로 나가더니 주위를 둘러보았다. 그러고는 나지막한 소리로 말했다.

　"안녕하세요. 전 여기서 선영이랑 가장 친한 이현서라고 해요. 오빠 말씀 많이 들었어요."

　"그래? 반갑다. 그런데 우리 선영이는 어디 갔어?"

"선영이는 매니저님이랑 조금 전에 나갔어요."

"나갔다고? 어디로?"

"매니저님이 현장 경험을 시킨다고 클럽으로……."

"뭐? 클럽이라고?"

"네."

"고1짜리 여학생을 데리고 클럽이라니……."

"……."

"어느 클럽이냐?"

"선영이가 말하지 말라고 했는데……."

"어서 말해라."

"실은, 뉴에이지 클럽이라고……."

"위치는?"

선욱은 그녀에게 클럽의 위치를 듣자마자 곧바로 학원을 뛰어나갔다.

그런 선욱의 모습을 보며 현서가 중얼거렸다.

"선영이에게 별일은 없겠지? 그래야 할 텐데……."

쿵작쿵작!

빰빠라빠빠빠빠!

요란한 음악 소리가 가득하고 담배 연기가 자욱한 공간, 현란한 사이키 조명과 어우러져 수많은 젊은이들이 신나게 춤을 추고 술을 마시고 있다.

일산에서 가장 유명하고 물 좋다는 뉴에이지 클럽이다.

선영과 권 매니저가 그곳에 있었다.

두 사람 모두 신나게 춤을 추며 즐겼다.

선영이 이런 클럽에 들어온 건 처음이었다. 맥주는 자신이나 친구 생일날 몰래 마셔 보기는 했지만, 이처럼 사람이 많은 곳에서 자유롭게 병째 들이키기는 처음이다.

선영은 신이 났다.

그동안 했던 모든 걱정과 시름들이 모조리 날아가는 것 같다.

세상에 이런 곳도 있구나.

이런 즐거움도 모르고 산다면 인생을 낭비하는 것이다.

지금 선영의 머리에 들어 있는 생각은 이게 전부다.

선영은 전문적으로 춤을 배웠다. 몸매도 뛰어나고 얼굴도 아름답다. 게다가 오늘은 작정을 하고 섹시한 옷을 입고 나왔기에, 그녀의 모습은 클럽에서 단연 튀었다.

몇몇 젊은 사내들이 선영에게 슬금슬금 다가왔지만, 권 매니저가 바짝 붙어서 눈치를 주자 말도 붙이지 못하고 물러났다.

선영은 뉴에이지 클럽의 무대를 완전히 압도하며 신나는 춤에 빠져들었다.

얼마나 춤추고 마셨는지 알 수 없었다.

선영은 갑자기 눈앞이 뿌옇게 흐려지는 것을 느꼈다. 너무 피곤해서 눈이 절로 감긴다.

'이, 이러면 안 되는데…….'

그녀의 앞에 앉아 있는 권 매니저가 그런 선영의 모습을 주의 깊게 지켜보더니 회심의 미소를 지었다.

"선영아! 왜 그래?"

"매, 매니저님. 저 어지러워요."

"맥주를 너무 많이 마신 거 아냐?"

"자, 작은 걸로 두 병밖에 안 마셨는데……. 저 그 정도로 취하고 그러지 않거든요?"

"그래도 많이 취했잖아. 내가 집에 데려다 줄까?"

"어, 엄마. 엄마가 오기로 했는데……."

"어머니께는 내가 잘 말씀드릴게. 자, 나가자."

선영이가 의자에서 몸을 일으키다가 쓰러졌다.

"아! 내가 왜 이러지? 매니저님. 저 도저히……. 으음!"

선영이 자리에 축 늘어졌다.

"선영아! 왜 그래? 정신 차려."

"으음……."

권 매니저는 선영이 완전히 뻗어 버린 것을 알고 회심의 미소를 지었다.

'흐흐흐, 드디어 약 기운이 돌았구나. 그럼 이제 데려가서 비디오만 찍어 놓으면 넌 내 거다. 흐흐흐.'

권 매니저가 선영을 들쳐 업다시피 부축했다. 그러고는

클럽을 나갔다.

주변 자리에 있는 사람들이 묘한 표정으로 권 매니저와 선영을 쳐다보았다. 마치 이제 어딜 가서 뭘 할지 다 안다는 듯이 말이다.

권 매니저는 곧바로 주차장으로 가 자신의 승용차 뒷좌석에 선영을 실은 후 그곳을 떠났다.

부르릉!

엔진 소리와 함께 권 매니저의 차량은 그곳에서 멀지 않은 곳에 있는 모텔에 도착했다.

모텔 주차장에 차를 세운 권 매니저는 우선 트렁크에서 가방 하나를 꺼냈다. 그리고는 뒷좌석의 선영을 향해 다가 갔다.

"후후후, 귀여운 녀석. 넌 오늘로서 내 거다."

권 매니저의 사악한 눈빛이 선영의 얼굴에 쏟아졌다.

4장
사궁장

부우웅!

끼이이익!

권 매니저의 승용차가 들어간 모텔 입구에 택시 한 대가 섰다.

택시 뒷문이 열리더니 호리호리한 체격의 청년 한 명이 내렸다. 바로 강선욱이다.

선욱은 연기 학원에서 만난 선영의 친구 말을 듣고 뉴에이지 클럽에 갔다가 권 매니저가 축 늘어진 선영을 부축해 나오더니 주차장으로 가는 것을 보았다.

그리고 권 매니저의 차를 미행한 끝에 모텔 입구에 도착한 것이다.

택시에서 내린 선욱이 차가운 눈빛으로 모텔의 간판에서 빛나는 네온사인을 쳐다보았다.

그의 눈빛에서 은은한 분노가 느껴졌다.

'매니저라는 자가 동생을 데리고 온 곳이 이런 데라니……. 용서할 수 없군.'

선욱은 곧바로 모텔로 들어갔다.

자신의 승용차 뒷좌석에서 선영을 끌어내고 있는 권 매니저가 그곳에 있었다.

선욱이 천천히 그에게 다가갔다.

"멈춰!"

깜짝 놀란 권 매니저가 고개를 돌렸다.

"방금 멈추라고 한 대상이…… 나요?"

"그렇다."

"뭐? 그렇다? 조그만 녀석이 어디서 반말을……?"

"그 아이."

권 매니저가 흠칫하더니 선영을 다시 뒷좌석에 밀어 넣었다. 그러고는 어깨를 펴고는 섰다.

"너 뭐야?"

권 매니저는 키도 크고 체격도 제법 단단했다. 어깨를 딱 벌리고 서자 제법 위압감이 느껴지기도 한다.

하지만 선욱의 눈에는 뒷골목에서 칼싸움을 하는 동네 꼬마와 별 차이가 없어 보였다.

"그 아이를 데리고 무슨 짓을 하려 했지?"

"풋! 이 새끼 말투가 아주 작살이네! 내가 내 여자 데리고 무슨 짓을 하든 네가 무슨 상관이야?"

"내 여자? 선영이가 당신 여자란 말인가?"

"뭐? 선영이를…… 알아?"

"내 동생이다."

권 매니저의 얼굴에 놀람의 빛이 스쳐갔다.

"험험. 선영에게 오빠들이 있다고 들었는데, 이렇게 만날 줄은 몰랐군. 성함이……?"

"말해. 이곳에서 무슨 짓을 하려 했는지."

"이, 이봐. 그렇게 딱딱하게 나올 것 없어. 오해가 있나 본데……."

선욱은 그가 어깨에 메고 있는 가방끈을 꽉 잡고 있는 것을 발견하고는 물었다.

"당신이 들고 있는 가방. 그 안에는 뭐가 들어 있지?"

"이, 이거? 아무것도……. 헛!"

그가 말을 하다 말고 헛바람을 집어삼켰다.

상대가 갑자기 다가오더니 손을 쭉 뻗었는데, 눈 깜짝할 사이에 자신의 가방이 그에게 넘어가 있지 않은가. 귀신이 곡할 노릇이 아닐 수 없다.

선욱이 가방을 열었다.

그러자 비디오카메라와 삼각대가 있었다.

"모텔에 왜 비디오카메라가 필요하지?"

"……."

선욱의 안색이 더욱 차갑게 굳었다.

모텔과 여자, 그리고 비디오카메라가 든 가방.

무슨 상황이 벌어질지 선욱의 머리에 훤히 그려졌다.

"개 쓰레기만도 못한 놈……."

자신의 의도가 모두 들통 났다고 생각한 권 매니저가 바닥에 침을 퉤 하고 뱉었다.

"젠장! 이 바닥 생리 몰라? 연예인이 되려면 꼭 거쳐야 할 통과의례야."

"선영이가 몇 살인지 알아?"

"뭐, 다 컸잖아. 옛날에 태어났으면 애 낳았을 나이 아냐?"

"그걸 지금 말이라고 지껄이는 것이냐?"

"이봐. 그 가방 내려 두고, 네 동생 데리고 꺼져. 그리고 내일부터 우리 학원에는 얼씬도 하지 말라고 해. 캬악, 퉤! 씨팔, 더럽게 재수 없군."

"넌 좀…… 심하게 맞아야겠구나."

선욱이 그를 향해 다가갔다.

권 매니저가 피식 웃었다.

"맞아? 누가?"

말이 끝나기 무섭게 권 매니저의 주먹이 매섭게 뻗어 왔다. 한두 번 싸워 본 실력이 아니다.

방심하고 있다가는 단 한 방에 뻗어 버릴 수 있는 강한 주먹이다.

핏!

하지만 그의 주먹은 허공을 스치고 돌아갔다.

권 매니저가 흠칫하더니 뒤로 조금 물러났다.

그런데 놀라운 일이 생겼다. 눈앞에 있던 상대가 감쪽같이 사라져 버린 것이다.

갑자기 옆구리에 통렬한 비명이 일어났다.

퍽!

"크윽!"

권 매니저는 비명을 지르며 옆으로 날아가 처박혔다.

"크으으……."

먹은 걸 다 토하고 싶을 정도로 고통스럽다. 숨조차 제대로 쉬어지지 않는다.

큰 대자로 뻗었다가 숨을 몰아쉬자 간신히 몸을 일으킬 수 있었다.

선욱이 그의 바로 앞에 서 있다.

"어, 어떻게……."

"지옥보다 끔찍한 고통이 어떤 것인지 보여 주마."

선욱이 다시 주먹을 뻗으려는 순간, 그가 바지 뒷주머니에서 칼을 꺼냈다.

찰칵!

잭나이프다.

"이 새끼…… 죽여 버리겠다."

선욱이 코웃음을 쳤다.

롱소드, 배틀액스, 그리고 할버트. 끔찍할 정도로 무시무시한 전장의 무기들과 평생을 상대해 온 지욘프리드에게 잭나이프는 이쑤시개나 마찬가지였다.

선욱이 멈추지 않고 그에게 계속 다가갔다.

권 매니저가 당황한 표정을 지었다.

보통 사람들이라면 칼을 본 순간 움츠러들거나 물러나기 마련이다. 하지만 상대는 자신을 똑바로 직시하며 그대로 다가오고 있다.

권 매니저는 선욱의 눈빛을 보자 오금이 저리는 것을 느꼈다.

'무슨 사람 눈빛이…….'

권 매니저는 잭나이프를 들고도 뒤로 주춤거리며 물러났다.

지욘프리드의 기세가 실린 무시무시한 눈빛은 그가 감당할 수 없는 것이었다.

권 매니저의 등에 담벼락이 닿았다. 더 이상 물러설 곳도 없다.

"씨팔! 죽어!"

권 매니저가 독기를 품은 눈빛으로 선욱을 향해 달려들며 잭나이프를 휘둘렀다.

선욱이 그를 향해 오른손을 가볍게 휘둘렀다.

턱!

잭나이프를 든 권 매니저의 오른쪽 손목이 선욱의 손등에 걸려 옆으로 빗나갔다.

다음 순간, 선욱의 손이 그의 손목을 잡고 빙글 돌렸다.

권 매니저의 몸이 허공에 붕 뜨더니 한 바퀴 빙글 돌아 땅에 떨어졌다.

쿵!

"크악!"

온몸이 부서지는 듯한 통증에 권 매니저가 비명을 질렀다.

선욱이 쓰러져 있던 그의 양쪽 손목을 잡았다. 그러고는 발로 가슴을 밟았다.

은근히 가해지는 가슴의 압박.

권 매니저가 크게 당황한 표정으로 소리쳤다.

"내, 내가 누군지 알아? 내 뒤에는…… 크아악!"

권 매니저가 통렬한 비명을 질렀다. 그의 양쪽 팔이 축 늘어졌다. 양쪽 어깨 관절이 모두 빠져 버렸던 것이다.

선욱이 주먹으로 그의 턱 끝을 살짝 쳤다.

틱!

가벼운 소리와 함께 권 매니저의 턱관절이 빠져 덜렁거렸다.

"끄으으으!"

권 매니저는 비명조차 제대로 지르지 못하고 기괴한 소리만 냈다.

선욱이 이번에는 그의 양쪽 발목을 잡아 들어 올렸다.

우두둑!

"꾸에에엑!"

마치 돼지 멱따는 듯한 소리가 권 매니저의 입에서 터져 나오는가 싶더니 그는 입에 허연 거품을 물고 두 눈을 까뒤집었다.

선욱은 처참하게 쓰러져 있는 권 매니저를 경멸에 찬 눈빛으로 노려보았다.

상대는 정말 손쓸 가치조차 없는 벌레나 마찬가지다.

전생의 지욘프리드가 살던 세상이었다면 사지를 잘라 내고 목을 베어 죽였을 것이다.

"법이 지배하는 세상에서 날 만난 걸 다행으로 생각해라."

간단히 한마디를 남긴 후, 선욱은 권 매니저의 승용차로 가서 선영을 꺼냈다.

가볍게 선영을 안아 든 선욱은 곧바로 모텔을 나와 택시를 잡아탔다.

"으음!"
선영이 택시 안에서 눈을 떴다.
선욱이 그녀의 뒷덜미 부근을 손가락으로 주물러 준 직후였다.
"여, 여긴……."
"나다."
"아! 오, 오빠! 오빠가 어떻게……."
"앞으로 연기 학원은 다니지 마라."
"응? 그게 무슨 소리야?"
선욱은 차마 선영에게 조금 전에 있었던 일에 대해 이야기할 수 없었다. 그랬다가는 선영이 받을 충격이 너무 클 것이다.
"그, 그런데 오빠가 어떻게 나를……. 매니저님은 어디 갔어?"
"학원에 찾아갔다가 네가 나오지 않아 친구에게 물어보았다. 매니저라는 자와 클럽에 갔다고 하더군."
"아! 그, 그건 연기를 배우는 과정상……."
"앞으로 두 번 다시 그 매니저라는 놈의 얼굴은 보지 못할 거다."
"뭐? 그게 무슨 말이야?"

"놈은 쓰레기만도 못한 놈이야."

"오, 오빠!"

선영은 더 이상 아무 말도 하지 못했다. 자신이 정신을 잃었던 사이에 무슨 일이 일어났는지는 모르지만 오빠와 권 매니저 사이에 심상치 않은 일이 발생했다는 것을 알았다.

두 사람이 집에 돌아왔을 때, 다행히 아무도 없었다. 아버지는 퇴근 전이고 어머니는 동창회에서 돌아오지 않았다. 선민은 오늘도 어디서 뭘 하고 돌아다니는지 코빼기도 보이지 않았다.

"들어가서 씻고 옷 갈아입어라."

"아, 알았어."

선영은 급히 자신의 방으로 들어가 침대에 몸을 던졌다.

"아!"

그녀는 머리를 베개 밑에 파묻었다.

가슴이 두근거리고 머리가 깨질 듯 아프다.

무슨 일이 있었을까?

왜 오빠가 나를 택시에 태우고 돌아왔을까?

선영의 머리에서 이런 의문들이 떠나지 않았다.

"아! 술을 얼마 마시지도 않았는데 왜 그렇게 정신을 잃었지?"

이해할 수 없는 일이 하나둘이 아니다.

선영은 곧바로 휴대폰을 꺼내 권 매니저에게 전화를 걸었다.

신호는 갔지만 시간이 지나도 받지 않는다.

'도대체 무슨 일일까?'

선영의 궁금증은 더욱 커져 가기만 했다.

다음 날 아침.

선영은 유달리 조용했다.

가족들 모두 식탁에 둘러앉아 밥을 먹었고, 선영은 선욱을 힐끔거렸다.

선욱은 아무 일도 없었다는 듯 식사를 마친 후, 다시 운동을 한다며 밖으로 나가 버렸다.

선영은 곧바로 그런 선욱을 따라 나갔다.

"오빠! 잠깐만."

"왜?"

"어제…… 무슨 일이 있었어?"

선욱이 선영을 물끄러미 쳐다보더니 입을 열었다.

"어제 있었던 일에 대해 말하기 전에 먼저 묻겠다. 매니저라는 자 평소 너를 어떻게 대했지?"

"궈, 권 매니저님은 친절하고 자상하셔. 그리고 열정적으로 연기 지도도 해 주시고……."

선욱은 동생의 목소리를 듣고 진실을 말하고 있지 않다

는 사실을 곧바로 간파했다.

"솔직히 말해라."

선영은 흠칫하더니 울상을 지었다.

왠지 큰오빠에게는 거짓말을 하기 어려웠다.

"시, 실은…… 흑흑."

선영이 그동안 권 매니저가 연기 지도를 한답시고 성희롱에 가까운 행동들을 했다는 사실을 선욱에게 털어놓았다.

"하, 하지만 증거도 없고, 또 내가 착각하고 있는 걸 수도 있어서 말을 못 하고 있었어. 흑흑흑."

"음. 역시 그런 놈이었군."

"말해 줘, 오빠. 도대체 무슨 일이 있었어?"

"내가 너를 권 매니저의 차에서 구해 온 곳은 모텔 주차장이었다."

"뭐? 모, 모텔?"

선욱이 고개를 끄덕였다.

선영은 믿을 수 없다는 표정을 지었다.

"어, 어떻게 그럴 수가……."

"연예계라는 곳에서 버티기 쉽지 않겠더구나. 그런 쓰레기들이 활개를 치는 곳이라면 말이야."

"……."

"그런 곳에서 버틸 수 있겠어? 지금이라도 그만두는 게 어때?"

"아냐! 그럴 수 없어! 이미 시작한 일이야. 지금 와서 그만둔다면 엄마 아빠 얼굴을 볼 수 없어. 내 몸뚱이를 시궁창에 던지는 한이 있어도 성공하고 말 거야."

선영의 두 눈빛이 새파랗게 빛난다. 독기를 품은 것 같다.

선욱은 그런 동생을 보고 내심 감탄했다.

어린 동생의 집념이 보통이 아님을 알았기 때문이다.

'후후후, 그러고 보면 장남인 선욱이라는 녀석이 제일 멍청했군. 두 동생들이 오히려 나아.'

선욱은 모범생에 가까웠다. 어려서부터 부모님들의 속한 번 썩인 일이 없을 정도다. 하지만 두 동생들은 사고뭉치였다. 특히 둘째인 선민은 하루 걸러서 사고를 쳤고, 그 때문에 부모님들은 학교와 파출소를 제집 드나들 듯해야 했다.

이런 상황에서도 원만하고 화목한 가정을 유지하고 있다는 건 사실 불가사의한 일이다.

하지만 선욱은 어떤 일에서든지 모범생은 성공하기 어렵다는 사실을 잘 알고 있다.

전생의 지욘프리드에게는 많은 제자들이 있었다. 그중에는 모범생 같은 자들이 대부분이었지만 드물게도 특이한 놈들이 있었다. 항상 사고를 치고 다녔고 말도 지질이 듣지 않았으며, 규율 어기는 걸 밥 먹듯 했다.

그런 제자들은 대부분이 오래 살지 못했다. 열에 일고여덟 명은 자신이 친 사고를 감당하지 못하고 죽거나 폐인이되었다. 하지만 그 가운데서도 꿋꿋이 버텨 성장한 놈들이있었다.

그리고 그런 놈들은 어김없이 마스터의 경지에 근접했거나 실제로 마스터가 되기도 했다.

사실 지욘프리드 자신도 자신의 고집을 꺾지 않고 노력한 끝에, 좁은 길을 힘들게 열어서 검의 마스터가 되었다.

이런 상황들을 돌이켜 봐도 모범생 스타일보다는 사고뭉치들이 한 분야의 정상에 설 가능성이 높았다.

그리고 선민이나 선영에게서는 그런 가능성이 보였다.

선욱이 잠시 동생을 쳐다보다가 입을 열었다.

"한 가지만 약속해라."

"뭘?"

"연기 학원과 관련된 일…… 아니, 뭐라도 좋다. 어려운일 때문에 상의할 사람이 필요하다면 이 오빠에게 해."

"오빠……."

"그것만 약속한다면 내가 네 뒤를 봐주겠다."

선영이 젖은 눈동자로 선욱을 쳐다보았다.

예전에는 그냥 따뜻하기만 한 연약한 오빠였지만 지금은

달라도 많이 다르다. 듬직하고 믿음직하다. 이런 오빠가 뒤에 있다면 뭘 한다고 해도 두렵지 않을 것 같다.

"아, 알았어. 오빠."

"좋다. 그럼 오늘 연기 학원에는 나와 함께 가자."

"아냐. 나 혼자 갈 거야. 내가 해결할 수 있어."

"한 번 더 생각하고 대답해라."

"그래도 나 혼자 갈 거야."

잠시 동생을 쳐다보던 선욱이 고개를 끄덕였다.

"좋아. 그럼 네가 해결해라. 대신 감당하기 힘든 상황이 온다면 내게 알려라."

"알았어. 고마워, 오빠."

선욱이 고개를 끄덕이더니 등을 돌려 산으로 올라갔다.

무뚝뚝하고 정이라고는 찾아볼 수 없는 행동이었지만 선영의 눈에는 누구보다 듬직하고 자상한 오빠의 모습이었다.

선영이 두 주먹을 지그시 거머쥐더니 학교로 향했다.

그날 저녁.

선영은 학교를 마친 후 연기 학원으로 갔다.

"선영아!"

학원에서 가장 친한 친구인 현서가 그녀에게 다가왔다.

"어떻게 된 거야?"

선영이 태연스럽게 되물었다.

"응? 뭐가?"

"몰라서 물어? 권 매니저님 병원에 입원했잖아!"

선영은 흠칫 놀랐지만 여전히 얼굴 하나 바꾸지 않고 대답했다.

"그래? 난 모르겠는데?"

"뭐? 어제 너 매니저님이랑 함께 있지 않았어?"

"잠시 있다가 헤어졌어. 그때까지는 멀쩡했는데?"

"그래? 어쨌든 너 빨리 원장실에 가 봐. 지금 권 매니저님 때문에 학원이 발칵 뒤집혔어."

"알았어."

선영은 곧바로 원장실로 찾아갔다.

원장실에는 나이가 지긋한 중년 남성과, 상당히 날카롭게 생긴 사십 대 중반으로 보이는 건장한 체격의 남성이 마주 앉아 있었다.

나이가 지긋한 중년 남성이 바로 선영이 다니는 연기 학원인 대성 매니지먼트의 사장 오연석이라는 사람이다.

"원장님, 찾으셨어요?"

"선영아! 도대체 어제…… 일단 여기 앉아라."

선영이 자리에 앉자 건장한 체격의 남성이 선영을 힐끗 쳐다보더니 물었다.

"네가 선영이라는 아이냐?"

건장한 체격의 남성은 예사롭지 않은 위압감을 뿜어내고

있었는데, 어지간한 사람은 그의 눈빛만 보고도 위축될 정도다.

하지만 선영은 그를 똑바로 쳐다보며 대답했다.

"네, 제가 강선영입니다."

"명찬이가 병원에 입원했다."

명찬은 권 매니저의 이름이다.

건장한 체격의 남성이 함부로 그의 이름을 부르는 것으로 보아 사이가 보통이 아닌 모양이다.

"방금 들었습니다."

"방금 들었다?"

"그렇습니다."

"어제 너와 명찬이가 함께 나가지 않았느냐?"

"그랬습니다. 현장 실습이 중요하다고 해서 클럽에 가 춤을 췄습니다."

그녀의 말에 원장이 흠칫했다.

"크, 클럽에 갔다고? 널 데리고?"

"예, 원장님."

"음."

원장이 무거운 표정으로 신음성을 흘렸다.

강선영은 아직 미성년자다. 그런 그녀를 매니저가 직접 성인 클럽에 데려가 춤을 췄다는 사실이 경찰에 알려진다면 자칫 영업정지라는 처분이 내려질 수 있다.

건장한 체격의 중년인이 다시 물었다.

"명찬이의 말은 다르더군. 주차장에서 네 오빠라는 사람을 만났는데 다짜고짜 자신을 두드려 팼다고 하더구나. 거기에 대해 어떻게 설명할 테냐?"

"제가 왜 그 일에 대해 설명해야 하죠? 저는 클럽에서 취해 정신을 잃었고, 다시 눈을 떴을 때는 집이었어요. 그사이에 기억은 없어요."

"뭐? 맹랑한 녀석이로군."

"혹시 권 매니저님이 어디에 있는 주차장에서 오빠에게 맞았다고 말하던가요?"

"……."

"오빠 말로는 저를 모텔 주차장에서 데려왔다고 하더군요. 거기에 대해 뭐라고 설명하실래요?"

원장의 두 눈이 커졌다.

"뭐, 뭐라고? 모, 모텔! 선영아! 네 말이 사실이냐?"

"오빠가 아침에 직접 해 준 말이에요. 전 더 이상 어제의 일에 대해 말하고 싶지 않습니다. 이만 나가겠어요. 그리고 권 매니저라는 사람…… 앞으로 두 번 다시 보고 싶지 않아요. 원장님께서 그렇게 해 주실 거죠?"

"그, 그래야지……. 일단 상황을 파악하고……."

"그럼 전 이만!"

선영이 자리에서 일어났다.

"자리에 앉아라!"

나지막하고 위협적인 목소리였다.

선영은 일순 겁이 났지만, 어금니를 꽉 깨물며 용기를 냈다.

"전 더 이상 할 말이 없는데요?"

건장한 체격의 중년 사내가 섬뜩한 눈빛으로 선영을 올려다보았다.

"네가 아직 어려서 사회가 어떤 곳인지 알지 못하는구나. 멀쩡한 사람을 그렇게 폭행하고도 무사할 수 있으리라 생각하는 건 아니겠지?"

"법대로 하잔 말인가요? 좋아요. 그렇게 해요. 가만히 돌이켜 보면 어제의 일이 모두 생각이 날 것 같기도 한데…… 경찰에 그대로 진술하면 되겠죠?"

"선영아!"

원장이 다급한 목소리로 선영을 불렀다. 선영이 자신의 말대로 했다가는 그야말로 학원은 문을 닫아야 할 판이다.

건장한 체격의 중년 사내가 으스스한 목소리로 말했다.

"세상에는 이런 말도 있지. 법보다 가까운 게 주먹이라는."

"마음대로 하세요. 요즘 세상에서 주먹 휘두르고 멀쩡할 수 있을 거 같은가요?"

"말이 통하지 않는 년이로군. 너 잠시 나와 같이 가야 겠다."

사내가 선영을 향해 손을 뻗었다.

덕분에 소매가 말려 올라가며 기이한 문신으로 가득한 그의 팔목이 드러났다.

선영은 급히 뒤로 피했다.

"어딜 잡으려고 그래요? 물러나세요. 경찰에 신고하기 전에요."

"경찰에 신고를 해? 후후후, 어린 게 겁대가리를 완전히 상실했군. 이봐, 원장."

"예?"

"사업 계속하고 싶으면 지금 이후에 벌어진 모든 일에 대해서는 입을 다물어야 할 거야."

"그, 그건……."

"내 뒤에 계신 분이 누군지 알지?"

이 한마디에 원장은 찍 소리도 하지 못하고 입을 다물었 다.

건장한 체격의 사내가 자리에서 일어나더니 선영에게 말 했다.

"좋게 말할 때 따라와. 네 가족들 전부 아작 나고 싶지 않으면."

그가 몸을 일으키자 커다란 산이 일어나는 것 같았다.

상황이 이렇게 되자 아무리 독심을 품은 선영이라도 두렵지 않을 수가 없었다.

그녀가 원장을 향해 구원의 눈빛을 보냈다.

하지만 원장은 아무것도 보지 못한 듯 허공만 응시하고 있을 따름이다.

"워, 원장님! 도와주세요."

"아직도 상황 파악이 안 돼? 네 발로 따라오지 않는다면 네년의 손발을 묶어서라도 데려갈 테다."

건장한 체격의 사내가 선영을 향해 서서히 다가갔다.

그때, 원장실의 문이 열렸다.

선영이 반색하며 소리쳤다.

"오빠!"

선욱이 원장실 입구에 서 있었다.

건장한 체격의 사내가 천천히 고개를 돌렸다.

"호랑이도 제 말 하면 온다더니……. 잘됐군. 네놈이 저 계집의 오빠냐?"

선욱이 차가운 눈빛으로 그와 원장을 번갈아 가며 쳐다보았다.

"쓰레기 냄새가 진동을 하는군. 장차 내 동생이 몸담아야 할 세상에 악취를 풍기는 놈들이 이렇게 많을 줄 몰랐어."

"뭐…… 뭐? 이놈이 미쳤나……."

"어차피 네놈이 만나고 싶어 했던 사람은 나겠지? 앞장서라."

"뭐라고?"

"조용히 해결하기는 틀린 것 같으니 네놈이 기어 나온 더러운 시궁창으로 함께 가잔 말이다."

건장한 체격의 사내가 황당하다는 표정을 짓더니 이내 살기 띤 얼굴로 말했다.

"죽고 싶어 환장한 놈이군."

"진짜 죽음이 어떤 것인지 아는 자는 그렇게 쉽게 죽음을 입에 담지 않는다."

선욱의 두 눈에서 섬뜩하고 차가운 빛이 흘렀다.

건장한 체격의 사내는 그 눈빛을 보자 저도 모르게 가슴이 떨리는 것을 느꼈다.

'무슨 애새끼가 세상 다 산 놈 같지?'

건장한 체격의 사내는 조폭이다. 그래서 진짜 무서운 사람의 눈빛이 어떤지 잘 안다. 그런데 지금 눈앞에 있는 청년의 눈빛은 사람 서넛쯤 저승으로 보낸 형님들과 비슷하다. 아니, 그보다 더욱 차갑고 스산하다.

그는 본능적으로 위험을 감지했다.

'다구리에는 장사가 없다는 말이 있지. 일단 그곳으로 데려가서 천천히 담가 주면 되겠군. 흐흐흐.'

음흉한 표정으로 웃음을 흘리며 그가 말했다.

"좋아. 그렇게 자신이 있다면 따라와."

그가 원장실을 나섰다.

그를 따라나서려는 선욱의 팔을 선영이 붙잡았다.

"오빠! 안 돼!"

"네가 감당할 수 없는 일은 이 오빠에게 맡겨라. 그리고 당신!"

선욱이 원장을 노려보았다.

"악행보다 더욱 나쁜 건 그걸 보고도 눈을 감는 것이다. 부끄러운 줄 아시오!"

원장의 얼굴이 일순 붉어졌지만 아무 대꾸도 못 하고 고개를 숙였다.

"선영아, 이번 달 학원비는 환불받고 그만 다니도록 해라. 이 오빠가 다른 곳을 알아봐 주겠다."

"오, 오빠!"

"오빠가 시키는 대로 해."

선욱의 목소리에는 기이한 힘이 있었다. 선영은 더 이상 아무 말도 못 하고 조심하라고만 했다.

선욱은 건장한 체격의 사내를 따라 학원을 나왔다.

밖에 검은 승용차 한 대가 서 있었고, 선욱은 그와 함께 뒷좌석에 나란히 탔다.

부르릉!

승용차가 출발하자 건장한 체격의 사내가 창을 내리고

담배를 피워 물었다.

"후우우! 이봐, 도대체 무슨 생각으로 그런 거지?"

"너 같으면 동생을 범하고 비디오로 그걸 찍으려던 놈을 가만히 두겠냐?"

"후후후, 좋아. 어쨌든 가서 해결하도록 하자. 쯧쯧쯧, 운도 지질이 없는 놈. 하필 내 동생을 건드려 가지고……."

"누구의 운이 없을지는 두고 보면 알 거다."

건장한 체격의 사내는 더 이상 아무 말도 하지 않고 담배만 피웠다.

마침내 승용차가 멈췄다.

일산 외곽에 있는 오층 건물이었는데, 불은 밝혀져 있었지만 간판은 하나도 붙어 있지 않았다. 그리고 주위가 조용해 소란이 일어나도 아무도 내다보지 않을 곳이다.

"내려!"

건장한 체격의 사내가 자신만만한 표정으로 선욱에게 말했다.

선욱이 차에서 내리더니 주위를 둘러보았다. 그러고는 미간을 찌푸렸다.

"시궁창 냄새가 진동을 하는군."

"이놈이 정말……."

"이 자리에서 끝장을 보잔 뜻인가?"

선욱의 새파란 눈빛을 접한 건장한 체격의 사내가 침을

꿀꺽 삼키더니 말했다.

"일단 안으로 들어가지. 여긴 보는 눈이 있으니."

선욱은 스스럼없이 그를 따라 건물 안으로 들어갔다.

5장

폭주족을 잡아라

건물 일 층은 넓은 공터였다. 소파와 책상 몇 개가 사방에 놓여 있고, 한눈에 보기에도 건달이나 조폭으로 보이는 사내들이 줄지어 앉아 담배를 피며 카드를 하거나 화투를 치고 있었다.

"형님 오셨습니까? 그런데 그놈은 누굽니까?"

"용식이 형님, 오늘 늦으셨네요. 대발이 형님께서 찾으셨는데요."

선욱을 데려온 건장한 체격의 사내 이름이 용식이인 모양이다. 그러고 보면 코미디언 이용식과 체격이 비슷하고 얼굴도 닮은 것 같았다.

"대발이 형님이 날 찾았다고? 지금 어디 계시냐?"

"삼 층에 사장님과 함께 계십니다."

"그래? 음!"

그가 선욱의 등을 툭 밀더니 말했다.

"내가 올 때까지 이 새끼 손 좀 봐 놔라. 명찬이 병원에 입원시킨 놈이다."

"예? 그놈이 명찬이를 병원에 보냈습니까?"

"허! 간이 큰 놈이네! 감히 우리 용식이 형님이 아끼는 동생을 병원에 보내다니."

"맡겨 두십시오, 형님. 저희가 알아서 말 잘 듣게 만들어 놓겠습니다."

용식이라 불린 사내가 선욱을 향해 차가운 미소를 지었다.

"흐흐흐, 이곳까지 따라온 용기는 가상하지만, 뼈마디가 으스러지고도 그런 용기를 보일 수 있을지 궁금하구나. 조금만 기다려라. 내가 다시 내려와서 네놈과 심도 깊은 대화를 나눠 볼 테니까."

선욱은 아무 대답도 하지 않고 1층에 있는 조폭들을 살폈다.

용식이라는 조폭은 곧바로 위층으로 올라갔고, 곧이어 1층의 조폭들 중 세 명이 일어나더니 건들거리는 모습으로 선욱을 향해 다가왔다.

선욱의 눈빛이 빛났다.

'모두 열다섯. 한심한 쓰레기 수준이군. 기세를 품고 있는 놈이 없어.'

현재 선욱의 몸 상태는 평범한 이십 대 초반의 청년과 비슷하다. 특별히 근력이 뛰어나지도, 운동신경이 남달리 좋지도 않다. 그에 반해 조폭들은 싸움으로 다져진 몸이다.

체격도 다부지고 악과 깡이 온 얼굴에서 줄줄 흐른다.

하지만 선욱이 보기에 그들은 벌레나 다름없는 존재들이었다. 전생의 지욘프리드가 살던 세상에도 조폭과 비슷한 자들이 있었다. 주로 길드라는 조직을 만들어 뒷골목을 주름잡거나 상인을 등쳐 먹는 기생충 같은 자들이었다.

그러나 그들 중에는 마나를 익힌 놈들도 더러 있었다. 그리고 마나를 익힌 자들은 그렇지 못한 자들에 비해 거의 열 배나 차이가 나는 능력을 지니고 있다.

그런데 지금 선욱의 앞에 있는 자들은 하나같이 마나의 '마' 자도 접해 보지 못했다. 그런 자들은 열이 아니라 백이 있어도 전혀 위협적이지 않다. 벌레들의 숫자가 많아진 것일 따름이니 말이다.

선욱은 자신을 향해 다가오는 세 명의 조폭들을 살폈다.

그들의 움직임이 한눈에 들어온다.

그와 동시에 효과적으로 상대를 제압할 수 있는 동선이

머릿속에 그려졌다.

'지금의 육체로는 오랫동안 싸울 수 없다. 최대한 효율적으로!'

선욱이 먼저 움직였다.

가장 선두에 있던 조폭이 '이놈 봐라!' 라는 표정으로 주먹을 날렸다.

선욱이 몸을 살짝 숙이더니 팔꿈치를 수평으로 휘둘렀다.

'퍽!' 하는 소리와 함께 조폭이 자신의 배를 감싸 안더니 그대로 앞으로 고꾸라졌다.

바로 뒤에 따라오던 조폭들은 깜짝 놀라며 본능적으로 주먹을 휘둘렀지만, 선욱의 몸은 이미 그들의 아래쪽을 파고들었다.

퍼벅!

둔중한 소리가 연이어 들렸고, 두 명의 조폭들도 배를 감싸 안고 고꾸라졌다.

우웩! 웩!

쓰러진 조폭들은 숨을 헐떡이며 저녁에 먹었던 것을 다시 확인하기 시작했다.

"저 새끼 뭐야?"

"어떻게 된 거야?"

나머지 십여 명의 조폭들이 분분이 자리에서 일어났다.

"조져!"

"뭉개 버려!"

살벌한 말들이 여기저기서 터져 나오더니 조폭들이 선욱을 향해 몰려왔다.

선욱이 뒤로 슬쩍 빠졌다.

선욱과 가장 가까이 있던 조폭이 의자에서 풀쩍 뛰더니 이단 옆차기로 날아왔다.

선욱이 허리를 슬쩍 숙인 후, 손바닥으로 그의 낭심을 후려쳤다.

퍽!

낭심을 얻어맞은 조폭이 두 눈을 찢어져라 부릅뜨더니 두 손으로 사타구니를 감싸 쥐고는 땅바닥에 굴렀다.

곧이어 양쪽에서 조폭 두 명이 선욱을 붙잡기 위해 한꺼번에 달려들었다.

선욱이 갑자기 뒤로 한 걸음 물러났다. 그러자 조폭 두 명이 허공에 붕 뜬 상태가 되었다.

선욱은 두 팔로 그들의 허리를 살짝 밀었다.

쿵!

두 조폭은 허공에서 서로 머리를 부딪치더니 그대로 정신을 잃고 나동그라졌다.

그러자 이번에는 의자 하나가 날아왔다.

선욱이 몸을 옆으로 젖혔고, 의자는 아슬아슬하게 선욱의 머리를 스치고 지나갔다.

'와아!' 하는 소리와 함께 서너 명의 조폭들이 한꺼번에 선욱을 덮쳤다. 피할 곳도 없었다. 이른바 육탄 공격이다.

선욱의 두 다리가 기이하게 교차하더니 미꾸라지처럼 조폭들 사이를 빠져나갔다.

퍼버벅!

조폭 세 명이 배를 감싸 쥐고 바닥에 나뒹굴었다.

선욱은 갑자기 앞으로 확 다가들더니 아직 일어나지 못하고 엉켜 있는 조폭들의 턱을 주먹으로 가격했다.

그렇게 강한 주먹도 아니었다. 하지만 그의 주먹에 얻어맞은 조폭들은 제대로 일어나지도 못하고 그 자리에서 맴돌았다. 균형 감각이 완전히 무너진 것 같다.

이제 남은 조폭은 다섯 명.

그들은 믿을 수 없다는 표정으로 선욱을 쳐다보았다. 그리고 함부로 덤벼들지도 않았다.

"연장 꺼내!"

"저 새끼 제껴 버려!"

회칼과 잭나이프, 그리고 야구방망이와 각목이 등장했다.

선욱의 두 눈이 좁혀졌다.

그는 구석 자리에 세워져 있는 나무 빗자루를 들었다.

약 1미터에 불과한 길이였고, 두께도 얇았다.

말썽쟁이들의 엉덩이를 때리기에 좋을지는 몰라도, 칼과 야구방망이를 든 조폭들을 상대하기에는 적당해 보이지 않았다.

하지만 선욱의 손에서는 달라진다.

전무후무할 위대한 그랜드 마스터 지온프리드의 검술이 있기 때문이다.

먼저 회칼을 든 조폭이 달려들었다.

순간, 선욱의 빗자루 몽둥이가 조폭을 향해 날아가더니 정확히 회칼을 든 손목을 가격했다.

딱!

맑고 경쾌한 소리였다.

하지만 조폭에게는 끔찍한 고통의 시작을 알리는 소리였다.

조폭은 회칼을 놓쳤고, 그의 손목은 그대로 부러져 덜렁거렸다.

"으아아악!"

비명과 함께 조폭이 부러진 손목을 부여잡고 뒹굴었다.

"함께 덤벼!"

야구방망이와 잭나이프, 그리고 각목이 순차적으로 날아들었다.

선욱은 가만히 서 있다가 조폭들의 연장이 자신의 몸에 닿기 직전에야 빗자루를 휘둘렀다.

따다다닥!

경쾌한 소리가 연이어 들려오더니 조폭들의 연장이 사방

으로 날아갔다. 다음 순간 통렬한 비명이 터져 나왔다.

으악! 으아아악!

조폭들 모두 부러진 손목을 부여잡고 뒹굴었다.

이제 남은 건 마지막 한 명.

그는 두꺼운 각목을 들고 있었는데, 감히 선욱에게 덤벼들지 못하고 두려움에 찬 표정으로 주춤거렸다.

선욱이 한걸음에 그에게 다가가더니 빗자루를 휘둘렀다.

순간 '딱!' 하는 소리와 함께 그가 들고 있던 각목이 반동강이 나서 날아갔다.

상식적으로 있을 수 없는 일이었다. 빗자루보다 각목이 훨씬 두껍고 단단하기 때문이다.

마지막 남은 조폭은 반 동강 남은 각목을 땅에 떨어뜨리더니 두 손을 번쩍 들었다. 항복의 표시였다.

"용기조차 없는 쓰레기로군."

선욱이 그의 하체를 향해 빗자루를 휘둘렀다.

따닥!

두 차례의 경쾌한 소리가 들리더니 그의 두 다리가 무릎 아래에서 역으로 꺾였다.

"크아아악!"

조폭은 두 다리가 모두 부러진 채 그대로 고꾸라졌다.

선욱이 주위를 둘러보았다.

숨이 약간 가쁘기는 했지만, 열다섯 명이나 되는 조폭을 때려눕힌 것치고는 힘의 소모가 많지 않았다.

"음. 이런 쓰레기들을 치우는 데에도 숨이 차려고 하니 참 한심스럽군. 수련을 더욱 열심히 해야겠어."

선욱이 빗자루를 들고 위층으로 올라갔다.

사무실 안.

대여섯 명의 사내들이 탁자를 앞에 두고 앉아 머리를 맞대고 있다.

"……그래서 오 과장을 우리 편으로 만들어야 골프장 사업권을 따낼 수 있습니다. 그의 삼촌이 얼마 전에 국회의원으로 당선된……."

꽝!

요란한 소리와 함께 문이 활짝 열렸다.

"뭐야?"

"어떤 새끼야?"

한 명을 제외한 나머지 사내들이 일제히 몸을 일으키더니 문을 쳐다보았다.

그곳에 선욱이 서 있었다.

"네, 네놈이 어떻게……."

선욱을 시궁창으로 데려온 용식이라는 조폭이었다.

선욱은 그들을 여유롭게 둘러보며 중얼거렸다.

"악취가 진동을 하는군."

"뭐야?"

용식이가 곧바로 그를 향해 달려들려는 순간, 소파에 앉아 있는 사십 대 중년인이 입을 열었다.

"물러서라."

제법 위엄이 느껴지는 목소리였다.

그의 말에 용식이라는 조폭은 찍 소리도 못 하고 물러났다.

소파에 앉아 있는 사십 대 중년인, 일산 일대를 장악하고 있는 조폭 조직 일산파의 중간 보스인 양동길은 선욱을 잠시 쳐다보더니 말했다.

"아래층에 있는 아이들은?"

"한심한 질문이군. 그 쓰레기들이 멀쩡하다면 내가 어떻게 올라왔겠어?"

주위의 조폭들이 욕지거리를 퍼부으며 달려들려 했지만 양동길의 손짓 한 번에 물러났다.

양동길이 차가운 미소를 짓더니 고개를 끄덕였다.

"그래. 그렇군. 내가 어리석었다. 한데 넌 누구냐?"

"내가 누군지에 대해서는 저 용식이라는 쓰레기에게 물어보는 게 빠를 것이다."

양동길의 시선이 용식을 향했다.

용식은 곧바로 상황을 간략하게 설명했다.

그의 설명을 모두 들은 양동길이 호기심 어린 표정을 지었다.

"그럼 혼자서 열 명이 넘는 아이들을 모두 때려눕히고 여기 올라왔단 말이군. 대단하군."

"내 실력이 어떤지는 스스로 잘 알고 있으니 그런 칭찬은 필요 없다. 대신 한 가지 약속을 해 줘야겠다."

"약속이라……. 지금 그런 요구를 할 상황이라 생각하나?"

"그건 알아서 판단해. 내가 원하는 건 더 이상 동생을 건드리지 말라는 것이다. 그것만 약속한다면 조용히 돌아가겠다."

"흠……."

양동길이 턱을 만지작거렸다.

"형님, 뭘 망설이십니까? 제가……."

"너 같은 멍청이 열 명이 있어도 저놈을 이기지 못한다."

"혀, 형님!"

양동길은 선욱을 향해 다시 고개를 돌렸다.

"네놈에게 가족이 있겠지?"

"가족? 내 가족에 대해 묻는 이유가 뭐지?"

"후후후, 네놈이 잠시 잊고 있는 듯해서 일깨워 주려고."

"혹시 내 가족을 두고 협박하는 건가?"

"그건 알아서 판단해라. 후후후."

선욱이 갑자기 움직였다.

조폭들이 일제히 선욱을 향해 달려들었다.

따다다닥!

연이은 격타음이 들리더니 조폭들 모두 머리를 감싸 안고 사방으로 나뒹굴었다.

그리고 눈 깜짝할 사이에 선욱이 들고 있는 빗자루가 양동길의 목에 닿아 있었다.

"이게 진짜 검이었으면 어떻게 되었을 것 같아?"

양동길은 세상에 이런 일이 있을 수 있나 싶은 표정으로 선욱을 쳐다보았다. 무협소설에서나 일어날 법한 일이 실제로 일어났으니 말이다.

"거, 검도 고수로구나."

"방금 내 가족을 입에 올렸나? 좋아. 한 가지만 말해 주지. 내 가족을 협박하고 싶다면 네 모든 것을 걸어라."

선욱이 무서운 눈빛으로 양동길을 노려보았다.

양동길은 선욱의 눈빛을 보자 온몸이 얼어붙는 듯한 충격을 느꼈다.

아마도 지옥의 마왕이 있다면 지금 선욱의 모습일 것이다.

"내 가족들 중 누군가의 털끝이라도 건드린다면, 네놈과 연관된 그 어떤 자들이라도, 그 숫자가 열이 되었건 백이 되었건 모조리 죽여 주겠다. 무슨 말인지 이해가 되었나?"

양동길이 저도 모르게 고개를 끄덕였다.

선욱이 뒤로 물러나더니 갑자기 빗자루 몽둥이를 들어 올렸다.

"흐읍!"

숨을 깊숙이 들이마신 선욱이 빗자루를 마치 검인 양 내리그었다.

츄아악!

뭔가 베어지는 섬뜩한 소리가 들리더니 양동길 뒤에 있는 커다란 책상이 정확히 반 동강이 나서 무너졌다.

양동길이 믿을 수 없다는 표정으로 책상을 살폈다.

마치 날카로운 검으로 깨끗이 베어 낸 듯, 베인 단면은 매끈했다.

선욱이 빗자루를 그에게 툭 던진 후, 등을 돌렸다.

"두 번 다시 만나는 일이 없었으면 좋겠군."

마지막 말을 남긴 채 선욱은 그곳을 떠났다.

양동길은 선욱이 나간 문을 쳐다보며 넋이 나간 표정으로 앉아 있었다.

✠ ✠ ✠

선욱이 집으로 돌아오자 선영은 마치 죽은 사람이 다시 살아 돌아오기라도 한 것처럼 기뻐했다.

"오빠!"

아버지와 어머니가 그런 선영을 보고 의아한 표정을 지었다.

선욱은 선영을 데리고 그녀의 방으로 들어갔다.

"어떻게 됐어, 오빠?"

"앞으로 놈들이 우리 눈앞에 나타나는 일은 없을 거야."

"아! 정말이야? 어떻게 한 거야?"

"그보다, 다른 연기 학원은 어디 있지?"

"일산에는 없어. 그곳이 유일해."

"그럼 서울에는?"

"서울에야 많지. 하지만……."

"왜? 좀 멀어서 그래?"

"지하철 있으니까 괜찮아. 그보다 거긴 비싸."

"얼마나 비싸지?"

"과정별로 다르긴 하지만……. 여기처럼 담당 매니저가 붙어서 가르치는 건 삼백은 줘야 할 걸?"

"삼백이라……."

"오빠. 너무 부담되니까, 차라리……."

"내가 벌어서 보태면 돼. 아버지와 어머니에게는 내가 말씀드리겠다."

"오빠……."

"그만 쉬어."

"고마워."

선욱이 멈칫하더니 고개를 끄덕인 후, 방을 나갔다.

마침 거실에서 부모님들이 TV를 보고 앉아 있었다.

"아버지 어머니, 드릴 말씀이 있습니다."

"무슨 일인데 그래?"

"선영이 학원 그만두게 했습니다."

"뭐라고? 왜?"

"알아보니 그 학원을 다녀서는 연예계로 진출하기 어렵습니다. 아무래도 서울에 있는 연기 학원을 다녀야 할 것 같습니다."

"서울에 있는 학원이라고?"

"그렇습니다."

"음. 서울이라……."

"제가 벌어서 보태겠습니다. 그럼 학원비는 모자라지 않을 겁니다."

"안 된다. 넌 아직 다 낫지도 않았어."

"다 나았습니다."

"선욱아!"

"내일부터 일을 할 테니 그렇게 아십시오."

"무슨 일을 하려고……?"

"찾아보겠습니다."

"하지만 새벽에 들어오는 그런 일은 하지 마라. 또 사고가 날까 두렵다."

"알겠습니다."

"휴! 경찰들은 뭘 하는지 모르겠다. 뺑소니 폭주범을 아직도 잡지 못하고 있으니……."

"오토바이를 모는 놈들입니다. 잡기 쉽지 않을 겁니다."

"놈들만 잡으면 합의금이라도 받을 텐데……."

순간 선욱이 '아!' 하는 표정을 지었다.

"얼마나 받을 수 있을까요?"

"글쎄다. 최소한 널 치료하느라 들어간 병원비 정도는 받아 내야겠지?"

아버지의 말을 들은 선욱이 곰곰이 생각했다.

'아무래도 놈을 잡긴 잡아야겠군.'

선욱은 자신을 치고 도망간 폭주족의 얼굴과 오토바이를 떠올렸다.

다음 날 아침.

선욱은 사고가 나기 전까지 자신이 아르바이트를 했던 편의점으로 갔다.

편의점 문을 열고 들어가자 카운터에 있던 중년인이 인사를 했다.

"어서 오세…… 아니, 넌 선욱이……."

선욱이 무뚝뚝한 표정으로 고개를 살짝 끄덕였다.

"오랜만입니다."

중년인은 편의점 사장이었다. 그는 선욱을 보자 반가운 표정을 짓기는 했지만 다른 한편으로는 껄끄러워하는 기색이 역력했다.

"그래, 괜찮으냐?"

"많이 나았습니다."

"다행이다."

"그날 본 게 있습니까?"

"뭘……?"

"가게 바로 앞에서 사고가 났으니 사장님도 본 게 있을 게 아닙니까?"

"난 아무것도 못 봤다. 그냥 오토바이 소리만 들었을 뿐이야."

선욱이 눈을 가늘게 떴다. 왠지 사장이 거짓말을 하고 있다는 기색이 역력했다.

"솔직히 말해 보시죠."

"뭐야? 지금 무슨 소릴 하는 거야? 내가 지금 거짓말이라도 한다는 거냐? 응?"

"화를 낸다는 건 뭔가 거리끼는 게 있기 때문 아닙니까?"

"이 녀석이 점점……."

선욱이 갑자기 사장의 코앞까지 확 다가갔다.

두 눈을 가늘게 뜬 채 사장을 노려보는 선욱의 두 눈빛이 새파랗게 빛났다.

사장은 겁먹은 표정으로 주춤거렸다.

'이, 이 녀석 눈빛이…… 왜 이렇게 바뀌었지? 머리를 크게 다쳤다더니 성격이 갑자기 변하기라도 했나…….'

사장이 급히 계산기를 열었다.

그러고는 되는대로 만 원짜리를 한 뭉치 집어 들었다.

"여, 여기 있다. 네가 받지 못한 월급……."

선욱은 사장이 내민 돈을 받아 들었다. 대충 2, 30만 원은 되어 보였다.

원래 선욱이 받아야 할 금액은 50만 원 정도다.

전생의 지온프리드에게 돈은 하찮은 물건이었지만, 지금의 세상에서는 그렇지 않다.

선욱이 다시 손을 내밀었다.

"이십만 원이 모자라네요."

"으. 독한 놈! 여기 있다!"

사장이 20만 원을 더 내밀었다.

선욱이 돈을 받으며 사장을 노려보았다.

자신이 부리던 종업원이 사고가 나서 병원에 입원을 했지만 한 번도 찾아오지 않았던 사장이다. 이처럼 인정머리라고는 눈곱만큼도 없는 사람의 돈을 받으려니 속이 메스꺼울 정도다.

"정말 아무것도 본 게 없습니까?"

"어, 없다니까!"

당사자가 보지 않았다고 우기고 있으니 선욱으로서도 어쩔 도리가 없었다.

선욱은 자신의 눈치를 보는 사장을 내려다보며 혀를 찼다.

"한심한 인간……. 쯧쯧쯧."

선욱은 뒤도 돌아보지 않고 편의점을 나와 버렸다.

'어디 가서 놈을 잡는다……?'

잠시 고민하던 선욱이 사고 신고를 했던 경찰서를 찾았다.

선욱은 사건 사고 담당 부서의 뺑소니 전담반으로 갔다.

은행 창구처럼 두 개의 창구가 있고, 그곳에 여경 두 명이 앉아 있었다.

"실례합니다."

여경이 반가운 표정으로 물었다.

"예. 무엇을 도와 드릴까요?"

"얼마 전에 제가 뺑소니 사고를 당했습니다. 그 일 때문에 담당 형사를 만나고 싶습니다."

"성함과 주민번호 말씀해 주세요."

선욱이 대답하자 여경이 컴퓨터 화면을 잠시 쳐다보더니 말했다.

"아! 여기 있네요. 오토바이 뺑소니 사고군요. 한데, 사고를 당한 당사자라고 하셨나요?"

"그렇습니다."

"머리를 심하게 다쳤다고 나와 있는데……. 이제 괜찮으세요?"

"다 나았습니다."

"다행이시네요. 어디 보자, 담당 형사님이……. 아! 저기 들어오시네요. 이 형사님!"

밥을 먹고 왔는지 이쑤시개로 이빨을 쑤시며 들어오는 사십 대 초반으로 보이는 사복 차림의 형사가 여경에게 다가왔다.

"무슨 일이야?"

"사건번호 28—876789번 있잖아요. 오토바이 뺑소니 사고."

"오토바이 뺑소니? 그게 한두 건이야?"

"있잖아요? 공문 대로에서 폭주족에게 치어 머리를 크게 다친 강선욱 학생 건 말이에요."

순간 형사가 흠칫하는 표정을 지었다. 하지만 이내 아무 일 없다는 듯 고개를 갸웃거리더니 말했다.

"아! 기억나는군. 폭주족 오토바이에 친 김선욱 학생."

"김선욱이 아니라 강선욱인데요."

"그래, 강선욱. 한데 왜?"

"여기 피해자분이 직접 오셨어요."

이 형사가 선욱을 향해 고개를 돌렸다.

"그래. 이제 기억이 나는군. 사건 조사하느라 병원에 누워 있는 모습만 봤더니 제대로 알아보지 못했어. 미안하군. 한데, 정말 강선욱 학생인가?"

"그렇습니다."

"머리를 심하게 다쳤다더니……. 어쨌든 다행이야. 이렇게 회복했으니."

"놈은 아직 못 잡았습니까?"

"음. 내가 심혈을 기울여 수사하고 있지만 아직 오리무중이야. 폭주족 놈들이 워낙 신출귀몰하거든?"

선욱은 이 형사의 말투나 표정을 보니 정말로 심혈을 기울여 수사하고 있는 것 같지는 않았다.

하지만 선욱은 이 형사가 처음 사건 이야기를 들었을 때 흠칫하던 표정을 분명히 보았다. 분명이 자신이 모르는 뭔가를 더 알고 있는 게 분명하다. 아니면 거리끼는 게 있던지.

"놈에 대해 기억나는 게 있어서 찾아왔습니다."

이 형사의 눈빛이 반짝였다.

"그래? 일단 들어가서 이야기하지."

이 형사는 선욱을 데리고 담당계에 있는 조사실로 들어갔다.

원래 피의자들이 잡혀 와 조서를 꾸미는 곳이었지만 선

욱은 아무래도 상관이 없었다.

선욱은 조사실에서 이 형사와 탁자를 마주하고 앉았다.

"다시 이야기해 봐. 기억나는 게 있다고?"

"사고를 일으킨 놈의 이름과 오토바이에 있던 문양입니다."

"음. 이름과 문양이라……. 내가 알기에 선욱 학생은 사고를 당한 순간 바로 정신을 잃었던 것으로 아는데?"

"그렇지는 않습니다. 놈의 친구가 이름을 부르는 걸 분명히 들었습니다. 그리고 오토바이 기름통에 커다란 해골 문양이 그려져 있는 것도 봤습니다. 아! 그리고 오토바이는 할리―데이비슨 기종이었습니다."

"할리―데이비슨에 해골 문양이라……."

"놈의 이름은 규철입니다."

이 형사가 잠시 생각하더니 물었다.

"정말 확신할 수 있나? 혹시 환청이나 헛것을 본 게 아닐까?"

"아닙니다. 분명히 제가 보고 들었습니다."

"하지만 담당 의사 소견으로는 머리를 심하게 다친 충격 때문에 뭘 제대로 보고 듣는다는 게 불가능하다고……."

선욱이 미간을 찌푸렸다. 이 형사가 자꾸 자신을 이상한 방향으로 몰아가려는 듯 느껴졌기 때문이다.

'분명히 뭔가 있긴 있군.'

이 형사가 다시 말했다.

"사실 폭주족 관련 사고는 관내 사건들 중에서 가장 해결하기 어려워. 워낙 기동력이 좋아서 말이야. 놈들을 눈앞에서 뻔히 보고도 잡지 못하는 경우가 대부분이야. 그리고 놈들을 추격하는 것도 어려워. 도심에서 더 큰 사고를 유발할 수 있으니 말이야."

"그래서 잡기 어렵다는 겁니까?"

"아마도……."

"폭주족들에 대한 기본 정보는 가지고 있을 거 아닙니까?"

"기본 정보라니?"

"이를테면 계보 같은 거 말입니다. 해골 문양을 상징으로 삼는 어떤 조직이나 파 같은 게 있지 않느냐는 겁니다."

"폭주족은 조폭하고 달라. 자기들끼리 무슨 파를 만들기는 하지만 워낙 소규모라 제대로 파악하는 게 불가능해."

"음. 그렇다면 폭주족에 대해 아는 게 아무것도 없다는 말이군요."

"이봐, 김선욱 학생."

"강선욱입니다."

"어쨌든! 나도 나름대로 최선을 다하고 있어. 그러니 경찰 전체를 무능력한 것처럼 호도하지는 마라."

선욱이 자리에서 일어나더니 말했다.

"한 가지만 묻겠습니다. 폭주족들이 주로 출몰하는 지역이 어딥니까?"

"학생이 사고를 당했던 공문 대로와 양명 대로가 놈들의 주 활동 무대야. 하지만 자유로를 타고 서울까지 이동하는 경우도 많으니까 찾아내기가 어려울 거야."

"알겠습니다. 수고하십시오."

선욱은 할 말 다 했다는 듯 곧바로 조사실의 문을 열고 나갔다.

선욱이 나가고 나자 이 형사가 미간을 찌푸리더니 핸드폰을 꺼내 전화를 걸었다.

"여보세요. 아! 사장님. 저 이 형삽니다. 얼마 전에 보내주신 선물은 잘 받았습니다. 하하하. 다름이 아니라 한 달 전에……."

이 형사의 목소리가 점차 잦아들었다.

경찰서를 나온 선욱은 이 형사라는 사람이 뭔가를 숨기고 있다고 확신했다. 그럴 리야 없겠지만 어쩌면 사고를 낸 피의자 측과 선이 닿아 있을지도 모를 일이다.

'나를 친 폭주족의 오토바이는 꽤 비싼 물건이었다. 할리—데이비슨이라고 하던가? 그런 오토바이를 취급하는 곳은 많지 않을 테니 직접 알아봐야겠군.'

선욱은 PC방에 들어가 인터넷을 켰다. 그리고 인터넷을 통해 원하는 정보 몇 가지를 얻었다.

'후후후, 과학 문명이라는 게 마법 문명보다 훨씬 편리하군. 원하는 정보를 이렇게 쉽게 얻을 수 있다니 말이야. 내가 살던 세상에서는 주로 도둑길드를 이용했는데……'

PC방을 나온 선욱은 뛰기 시작했다.

뛰는 것만큼 좋은 수련 방법은 없기 때문이다.

약 30분가량을 뛰어서 선욱이 찾아간 곳은 도검류를 판매하는 업체였다. 시내에서 다소 외곽에 위치해 있었는데, 제법 큰 건물 1층에 입주해 있었다. 그리고 2층은 '선무검도' 라는 간판이 붙어 있는 검도관이었고, 3층에는 '단전호흡, 기 수련' 이라는 간판이 붙어 있었다.

1층으로 들어가자 검에 관련된 무구들이 즐비하게 진열되어 있었다. 한국도검류와 일본도, 그리고 중세 서양에서 사용하던 검과 창도 보였다. 고대 무기 박물관이라 해도 어울릴 만큼 다양한 종류였다.

"어서 오세요."

카운터에 앉아 있던 예쁜 아가씨가 반갑게 선욱을 맞았다.

커다란 검은 뿔테안경을 끼고 있었는데, 생글생글 웃는 모습이 그렇게 예쁘고 귀여워 보일 수 없었다.

선욱이 아가씨의 얼굴을 물끄러미 쳐다보았다.

검은 뿔테안경의 아가씨는 낯선 청년이 자신을 물끄러미

쳐다보자 고개를 절레절레 흔들며 중얼거렸다.

"휴! 이놈의 미모는……."

그녀의 말에 선욱은 '풋!' 하고 웃음을 흘렸다.

사실 선욱이 그녀를 쳐다본 건 다른 이유에서였다.

그녀에게서 남다른 예기가 느껴졌기 때문이다.

'이 세상에도 저런 예기를 뿜어내는 사람이 있을 줄은 몰랐군. 저 정도면 엑스퍼트에 갓 입문한 정도는 되겠는데?'

지욘프리드가 살던 세상에서 검의 단계는 크게 세 가지로 나뉜다. 비기너와 엑스퍼트, 그리고 마스터다.

그리고 이 세 경지 내에 또다시 세 개의 단계가 더 있다.

초, 중, 상급이다.

물론, 엑스퍼트 상급이 넘어서면 마스터의 경지와 경계가 희미해지기 때문에 명확히 구분하기 어렵다. 그래서 최상급이라는 등급이 하나 더 있는데, 이건 마스터 초급이라는 개념과 혼용해서 쓴다.

평범한 사람이 육체의 힘만으로 검을 수련하면, 평생 비기너의 단계에서 벗어나기 어렵다. 엑스퍼트라는 단계에 들어서기 위해서는 마나를 배워야 한다.

하지만 마나를 배우는 건 쉬운 일이 아니다. 수련법 자체도 귀할 뿐더러 아무에게나 함부로 전수해 주지 않는다. 그리고 수련법을 안다 하더라도 열에 일고여덟은 엑스퍼트 경지에 이르지 못한다.

마나 친화력이 문제가 되기 때문이다.

그건 타고나는 자질인데, 마나와의 친화력이 얼마나 강한가에 따라 훗날 이르게 될 검술의 경지가 결정될 만큼 중요하다.

그런데 선욱이 사는 현대에 엑스퍼트 경지에 이른 실력자가 있다는 건 놀라운 일이었다. 그건 마나를 다루는 수련법이 존재한다는 의미이기 때문이다.

"마나를 익혔군······."

"네?"

"아, 아닙니다. 좀 둘러봐도 되겠습니까?"

"그러세요."

검은 뿔테안경의 아가씨가 얼떨결에 대답하고는 고개를 갸웃거렸다.

선욱은 천천히 매장에 진열되어 있는 무기들을 살폈다.

선욱이 가장 관심 있게 본 것은 중세서양무기였다.

'후후후, 이 세상에서 이런 무기들을 보게 될 줄이야.'

선욱은 잠시 지욘프리드로서 자신이 살던 세상에 있는 것 같은 착각이 들었다.

"이것들 좀 만져 봐도 되겠습니까?"

"네? 만져 본다고요? 그건 좀······."

"부탁드리겠습니다."

검은 뿔테안경의 아가씨가 잠시 선욱을 쳐다보더니 고개를 끄덕였다.

"알았어요. 그럼, 어떤 무기를 보고 싶으세요?"

"저 검입니다."

그녀가 벽에 걸린 롱소드의 검자루를 잡고 가볍게 떼어 냈다.

지욘프리드는 상대가 검을 잡는 모습만 봐도 실력이 어느 정도인지 훤히 알 수 있는 사람이었다.

따라서 지금 그녀가 롱소드의 검자루를 잡는 것을 보고 자신의 짐작이 틀리지 않았음을 알 수 있었다. 더구나 롱소드는 제법 무거운 편에 속했지만, 그녀는 한 손만으로 가볍게 들었다. 팔 힘도 상당히 강한 게 분명하다.

선욱이 롱소드를 받아 들고는 이리저리 살폈다.

검은 뿔테안경의 아가씨가 그 모습을 지켜보더니 '호!' 하는 감탄사를 내뱉었다.

그녀 또한 선욱이 검을 잡는 모습을 보고 검을 배운 사람임을 눈치챈 모양이다.

선욱이 검신을 손가락으로 튕겼다.

텅!

선욱의 안색이 조금 찌푸려졌다.

날은 제대로 벼려져 있었지만 좋은 철이 아니었다.

그래도 오랜만에 검을 들어 보니 옛 생각이 떠올랐다.

'그땐 참 좋았는데……'

선욱이 롱소드를 가볍게 휘둘렀다. 그러자 '위잉!' 하는 소리가 일어났다.

그녀의 눈이 동그랗게 변했다.

"검도를 배우셨나 봐요?"

"조금……."

"그런데…… 검이 별로 마음에 들지 않나요?"

"검이라 부르기도 힘들 정도군요."

"어머! 평가가 너무 박하신 거 아니에요?"

"후하게 평가해서 그 정돕니다."

"세상에! 검을 만든 사람이 들었다면 기절하겠군요."

"이걸 만든 사람은 장인이라 불릴 자격도 없을 겁니다."

전생의 지욘프리드는 드워프 장인이 만든 검이 아니면 쳐다보지도 않았다. 그리고 자신이 사용했던 검도 최고의 드워프 장인이 드래곤의 뼈(?)를 재료로 만들었다는 전설적인 신검이다. 그러니 매장의 검들은 불쏘시개나 다름없어 보이는 게 당연했다.

그때, 어디선가 다소 화난 듯한 사내의 목소리가 들려왔다.

"뭐? 장인의 자격이 없다고?"

고개를 돌려 보니 사십 대 중년인이 굳은 표정으로 서 있었다.

"다시 한 번 말해 보아라. 장인의 자격이 없다고 했느냐?"

선욱은 순간 당황했다. 갑자기 중년인이 나타나 자신에게 호통을 치고 있으니 말이다.

6장

선무도관

검은 뿔테안경의 아가씨가 중년인을 향해 고개를 돌리더니 깜짝 놀란 표정을 지었다.

"아빠! 언제 오셨어요?"

중년인은 딸의 얼굴은 쳐다보지도 않고 선욱을 향해 소리쳤다.

"다시 한 번 말해 봐라. 장인의 자격이 없다고?"

"아, 아빠. 진정하세요."

선욱이 가볍게 코웃음을 쳤다.

"검을 보고 솔직히 느낀 걸 말했을 뿐입니다."

"이놈, 한 번 말을 뱉었으면 책임도 져야 한다는 사실을 잘 알고 있겠지?"

선욱은 중년인이 자꾸 따지고 들자 화가 났다.

"도대체 왜 그러시는 겁니까? 책임이라고요? 좋습니다. 어떻게 책임지면 되는 겁니까?"

"이놈이 끝까지……. 네놈이 몰라서 묻는 것이냐? 왜 그 검을 만든 장인을 폄하하는 것이냐?"

"혹시 그 검을 만든 사람이……."

"그렇다! 내가 만들었다, 이놈아!"

선욱이 다소 당황하는 표정으로 말했다.

"죄송하게 되었습니다. 그런 줄은 몰랐네요."

"검의 '검' 자도 모르는 놈이 그런 소리를 함부로 하다니……."

이 말에 선욱이 발끈했다.

"그 말은 좀 어폐가 있는 것 같군요."

"뭐라고? 어폐? 그럼 네가 검을 안단 말이냐?"

"적어도 이 검에 혼이 실리지 않았다는 사실 정도는 압니다."

"호, 혼이라고? 네놈이 검에 대해 뭘 안다고……."

중년인은 얼마나 화가 났던지 말을 제대로 잇지도 못했다.

"그 말 책임질 수 있느냐?"

"책임지지 못할 말은 한 적이 없는 것 같은데요?"

"좋다. 그럼 검도도 배웠겠지?"

"조금 배웠습니다."

"잘됐다. 나와 검에 대해 논해 보자."

선욱이 저도 모르게 코웃음을 쳤다.

그랜드 마스터이자 검의 신으로 불린 자신과 검에 대해 논하자는 중년인의 말이 가소로웠던 것이다.

"이, 이놈이 코웃음을 쳐? 당장 따라오너라!"

"따라가면, 뭘 하겠다는 겁니까?"

"검을 배웠다고 했으니 검으로 네 말이 옳음을 증명해라."

"그 말은…… 저와 검술 대결이라도 하자는 겁니까?"

"그렇다. 왜? 두려우냐?"

선욱은 잠시 망설였다.

상대가 두려워서가 아니다. 괜한 일을 벌였다가 말썽이 생기거나 복잡한 일에 휘말리지나 않을까 싶었던 것이다.

"흥! 나와 검술 대결을 하는 게 두렵다면 지금이라도 네가 한 말은 개소리라고 말해라."

검술 대결이라면 자다가도 벌떡 일어났던 지욘프리드다. 솔직한 심정으로는 제발 검술 대결을 해 달라고 자신이 사정하고 싶을 정도다.

'음! 검술 대결이라…… 허허, 이 말을 들으니 아직 마음이 설레는군. 허허허.'

한편으로 선욱은 지금 세상의 검술이 어느 정도인지 궁

금하기도 했다.

　결국 선욱이 고개를 끄덕였다.

　"좋습니다. 어디 한번 해 봅시다."

　검은 뿔테안경의 아가씨가 당황한 목소리로 선욱에게 말했다.

　"지금 정말 아버지와 검술 대결을 벌이려는 거예요?"

　"아가씨 아버지가 그러자고 하네요."

　"안 돼요. 그만두세요."

　"이미 하겠다고 했습니다."

　"아버지가 어떤 분인지 알고나 그러시는 거예요?"

　"제가 알 리가 있습니까?"

　"아버지는 선무검도 칠 품이란 말이에요. 검도에서 흔히 말하는 오 단 정도는 되는 분이란 말이에요."

　선무검도 칠 품이나 검도 오 단이 얼마나 대단한 경지인지 직접 겨뤄 보기 전에는 알 수 없는 일이다.

　"상관없습니다."

　"사, 상관없다고요? 정말……."

　그녀가 고개를 절레절레 흔들었다.

　"전 분명히 경고했어요. 이젠 몰라요."

　선욱은 중년인을 따라 2층으로 올라갔다.

　그곳에는 대여섯 명의 사람들이 목검을 휘두르거나 조용히 앉아서 명상을 하고 있었다. 선무검도를 배우는 사람들인 모양이었다.

그들은 중년인이 갑자기 씩씩거리며 올라오자 놀란 표정으로 그를 쳐다보았다.

"사범님!"

"무슨 일이십니까, 사범님?"

중년인이 그들에게 소리쳤다.

"모두 삼 층으로 가서 기 수련을 해라!"

"예? 왜 갑자기……."

"시키는 대로 하지 못하겠느냐!"

중년인이 버럭 소리를 지르자 모두들 찍 소리도 하지 못하고 위층으로 우르르 올라갔다.

제자들이 모두 올라가고 나자 중년인이 벽에 걸려 있는 여러 종류의 목검들을 가리키며 선욱에게 말했다.

"아무거나 네놈 원하는 걸 골라라."

선욱은 벽에 걸린 목검들을 살폈다.

엄밀히 말하면 그것들은 검이 아니었다. 한 면에만 날이 서 있는 도였다.

지욘프리드는 전생에서 검을 썼지만 이미 거의 모든 무기에 통달해 있었다. 따라서 어떤 무기를 쓴다고 해도 전혀 상관이 없었다.

선욱이 목도 하나를 대충 골라서 들었다.

그러자 중년인도 목도를 들었다.

두 사람이 5미터 간격을 두고 마주섰다.

"준비가 되었느냐?"

선욱은 오랜만에 목도를 잡고 대결을 하게 되자 마음이 들떴다.

'이런 기분 정말 오랜만이군.'

선욱이 자신의 목도를 가볍게 휘둘렀다.

위잉!

공기를 가르는 서늘한 소리가 목도에서 흘러나왔다.

그 소리를 들은 중년인이 흠칫하는 표정을 지었다.

"놈! 어디서 검도를 배우긴 배운 모양이구나. 이제 각오해라!"

중년인이 몸을 옆으로 살짝 틀더니 목도를 늘어뜨렸다.

선욱은 그런 그를 가만히 쳐다보았다.

"뭘 하느냐? 공격해 오지 않고. 세 수를 양보하마."

"훗!"

"저, 저놈이 또 웃어?"

선욱은 허공에다 대고 목도를 대충 세 번 휘둘렀다.

"싸우려면 제대로 해야죠."

"뭐, 뭐라? 저런 사가지 없는 놈! 좋다! 내가 먼저 가마!"

중년인이 앞으로 쭉 다가들더니 목도를 횡으로 휘둘렀다.

수평베기다.

군더더기 하나 없이 깔끔한 동작이었고, '위잉!' 하는 소리가 목도에서 뿜어져 나왔다.

선욱은 중년인의 목도가 자신의 좌측 옆구리를 때리기 일보 직전에 자신의 목도를 슬쩍 내리쳤다.

딱!

경쾌한 소리와 함께 중년인의 목도가 옆으로 꺾여 나갔다.

정확한 빗겨치기였다.

중년인의 안색이 다소 굳었다.

단순한 수평베기이기는 했지만, 수십 년 동안 가문의 선무검도를 수련한 자신의 내공이 녹아 있는 일도다. 어지간한 실력으로는 막아 내기 어렵다. 그런데 상대는 어렵지 않게 쳐 냈다. 정확한 타이밍이 아니고서는 불가능한 일이다.

"제법이로구나. 이것도 한번 막아 보아라."

중년인이 목도를 머리 위로 치켜들었다가 아래로 내리그었다. 수직베기다.

목도가 선욱의 정수리를 향해 떨어져 내리는 순간, 선욱이 목도를 치켜들었다.

두 개의 목도가 허공에서 교차하려다가, 중년인의 목도가 갑자기 방향을 바꿔 사선으로 움직였다.

선욱의 목도가 순간적으로 방향을 꺾더니 중년인의 목도 중단을 정확히 받아쳤다.

딱!

중년인의 눈이 커졌다. 이번 일도에는 제법 힘을 실었을 뿐 아니라 변화까지 가미했다. 그럼에도 불구하고 상대의 목도에 쉽게 막혀 버린 것이다.

중년인이 어금니를 지그시 깨물더니 목도를 휘둘러 왔다.

파상공세였다.

선욱은 중년인의 공세를 차분히 막아 냈다.

중년인은 미칠 것 같았다.

아무리 거센 공격을 퍼부어도 상대는 별 힘을 들이지 않고 빗겨치기만으로 자신의 목도를 막아 내고 있지 않은가.

'으으! 더 이상 참을 수 없다!'

중년인이 목도를 거두더니 숨을 깊이 들이켰다. 그러고는 도를 앞으로 쭉 뻗어 냈다.

그때까지만 해도 여유롭던 선욱의 안색이 굳었다.

중년인의 도에서 마나의 기운을 느꼈던 것이다.

'위험하다!'

선욱은 아직 마나홀을 만들지 못했다. 그래서 마나를 사용할 수 없다. 아무리 무적의 검술을 알고 있다 하더라도 마나를 사용하는 상대는 이길 수 없다. 마나가 실린 무기는, 마나를 사용하지 않고서는 절대 막을 수 없기 때문이다.

선욱이 두 다리를 기묘하게 움직였다.

그의 몸이 이리저리 흔들리는 듯하더니 중년인의 목도를 살짝 피해 냈다.

중년인이 또다시 목도를 휘둘렀다.

이번에는 피할 공간을 주지 않겠다는 듯 현란한 변화까지 담았다.

결국 선욱은 목도를 휘두를 수밖에 없었다.

빡!

강한 소리와 함께 선욱의 목도가 두 동강이 났다.

"큭!"

신음성과 함께 선욱의 입에서 피가 튀었다.

선욱이 비틀거리며 뒤로 물러나다가 벽을 짚고 힘겹게 섰다.

중년인의 도가 멈췄다.

"아빠! 무슨 짓이에요!"

중년인이 크게 당황해하는 표정을 지었다.

"이, 이런!"

검은 뿔테안경의 아가씨가 곧바로 선욱에게 달려가더니 그를 부축했다.

선욱은 고통에 찬 표정으로 중년인을 노려보다가 정신을 잃고 말았다.

"어, 어서 할아버지를 모셔 오너라. 어서!"

중년인이 선욱을 부축해 눕혔고, 검은 뿔테안경의 아가

씨는 위층으로 뛰어 올라갔다.

✠ ✠ ✠

"음!"

가느다란 신음성과 함께 선욱이 눈을 떴다.

온몸에 힘이 하나도 없고, 가슴에 은은한 통증이 느껴진다.

'여긴……'

눈을 뜨려고 했지만 잘 뜨이지가 않는다.

손가락 하나 제대로 움직여지지 않는다.

"깨어났는가?"

나지막한 노인의 목소리가 선욱의 귀에 들렸다.

"억지로 움직이려 하지 말게. 내장이 조금 상했네."

선욱은 노인의 목소리가 시키는 대로 온몸에 힘을 뺐다. 그러고는 조용히 마나 수련법을 운용했다.

아랫배가 따뜻해져 오더니 금방 마나의 힘이 일어났다.

'이 기운은……'

이해할 수 없다. 온몸에 마나가 충만해 있다.

선욱은 마나를 움직이기 시작했다.

'어쩌면 이 기회에 마나홀을 만들 수 있을지도……'

마나가 선욱의 온몸을 휘돌기 시작하더니 아랫배에 가라

앉았다.

아랫배에 가라앉은 마나가 다시 호흡을 통해 빠져나가지 않도록 선욱은 최대한 조심해야 했다.

그렇게 한참의 시간이 흘렀다.

마침내 선욱의 아랫배에 묵직한 느낌이 들기 시작했다.

기이한 이질감이지만 전혀 불쾌하지가 않다. 오히려 몸의 중심을 잡아 주는 것 같아 든든하기만 하다.

"아!"

선욱이 가느다란 신음성을 흘렸다.

마침내 아랫배에 마나홀을 만드는 데 성공한 것이다.

2, 3년은 족히 걸리리라고 예상한 일이 이렇게 갑작스럽게 이루어질 줄은 몰랐기에 선욱이 느낀 기쁨은 무척 컸다.

선욱이 눈을 떴다.

한약 냄새가 나는 작은 방이었다.

선욱의 눈에 허연 수염을 기른 노인의 얼굴이 들어왔다.

"괜찮은가?"

선욱은 일단 마나 수련부터 먼저 하고 싶었다. 아직 몸속에는 적지 않은 마나가 남아 있었고, 그 마나를 마나홀에 흡수해야 했다.

"잠시 혼자 있게 해 주시겠습니까?"

노인이 선욱의 얼굴을 잠시 쳐다보더니 몸을 일으켰다.

"그렇게 하지. 몸조리 잘하게."

노인이 나가고 나자 선욱은 곧바로 가부좌를 하고 앉았다. 그러고는 마나 수련을 시작했다.

시간이 얼마나 흘렀을까.

선욱이 다시 눈을 뜨자 그의 두 눈에서 섬광이 번쩍였다.

그의 피부는 뽀얗게 변해 광택이 흘렀다. 사람이 달라진 것 같다.

선욱은 희열에 찬 표정을 지었다. 최소한 십 년 정도는 꼬박 수련을 해야만 얻을 수 있는 마나를 한순간에 모아 마나홀에 저장할 수 있었던 것이다.

'이런 행운이……. 도대체 어떻게 된 일이란 말인가?'

선욱은 주위를 둘러보았다.

오래된 고가구 두세 개가 전부인 소박하고 깨끗한 방이었다.

'그 중년인의 검에 실린 마나 때문에 큰 충격을 입고 쓰러진 것까지는 기억이 나는데…….'

그때, 문밖에서 노인의 목소리가 들렸다.

"들어가도 되겠는가?"

"들어오십시오."

방문이 열리더니 노인이 들어왔다.

노인의 모습을 본 순간 선욱은 흠칫하는 표정을 지었다. 그런데 노인 또한 선욱을 보고 놀라는 표정이었다.

선욱은 노인의 몸에서 흐르는 강한 예기를 느꼈다. 최소한 중급 소드 엑스퍼트에게서나 느낄 수 있는 그런 기운이었다.

'놀라운 일이군. 이처럼 마나가 희박한 세상에서 중급 엑스퍼트의 경지에 이른 능력자를 만나다니.'

노인이 선욱을 잠시 살피더니 말했다.

"많이 달라졌군."

"어떻게 된 일입니까?"

"그보다, 자넨 어디서 기를 운용하는 방법을 배웠는가?"

선욱은 기억을 통해 전생의 마나가 지금의 세상에서는 기라고 불린다는 사실을 알았다.

"저, 대답해 주십시오. 어떻게 제 몸에 그 많은 마나…… 아니, 기가 모여 있었던 겁니까?"

"내 아들 녀석이 흥분하는 바람에 자네에게 내상을 입혔더군. 그래서 단약을 먹였네."

"단약이라면……?"

"허허허, 우리 가문에서 내려오는 비전 단약이지. 내상에 효과가 클 뿐 아니라 기를 익힌 사람이 먹으면 제법 많은 도움을 받는다네."

"아! 그래서……."

선욱이 이 노인을 쳐다보며 생각했다.

'신세를 졌군. 그런데 이 세상에 마나를 응집시키는 약이 있을 줄은 몰랐군. 그건 마법사들이나 만들 수 있을 줄

알았는데⋯⋯.'

"이제 말해 주겠나? 자네는 어디서 기를 배웠는가?"

선욱은 자신에게 큰 은혜를 베풀어 준 노인에게 거짓말을 할 수는 없었다.

"여러 스승들을 찾아다니며 배웠습니다. 그러다가 제 스스로 수련법을 만들었습니다."

"뭐, 뭐라고? 스스로 만들었다고?"

노인이 믿기 어렵다는 표정을 지었다.

기를 운용하는 수련법은 대한민국에서도 몇몇 가문에만 전해 내려오는 극히 희박한 비전이다. 그리고 그 비전들은 적게는 수백 년, 많게는 수천 년 동안 선지자들에 의해 갈고닦여 내려온 것이다.

20살 초반으로 보이는 청년이 몇 가지 수련법을 주워듣고 새롭게 창안해 낸다는 건 불가능한 일이다.

노인의 안색이 다소 굳었다.

"거짓말을 하고 있군."

"사실입니다."

선욱이 노인의 눈을 똑바로 쳐다보았다.

노인은 선욱의 눈빛을 보고 그가 진실을 이야기하고 있다는 사실을 알았다. 그러자 놀라움은 더욱 커졌다.

'정말 이 청년이 기 수련법을 창안했단 말인가? 음. 어쩌면 스승에게 배운 것에 자신의 심득을 조금 보탰는지 모

르겠군. 물론 그것도 쉬운 일이 아니지만 그렇게밖에 생각할 도리가 없구나.'

노인이 마침내 고개를 끄덕였다.

"알겠네. 자네의 말을 믿지. 한데, 자넨 어느 가문 출신인가?"

선욱은 저도 모르게 입에서 지욘프리드라는 이름이 나올 뻔했다.

"가문이라 할 건 없습니다. 저는 강선욱이라 합니다. 평범한 집안의 아들입니다."

"강 씨라……. 혹시 선양 천도류의 후손과 무슨 연관이 있는가?"

"천도류라는 말은 처음 듣습니다."

"그래? 흠……. 희한한 일이군."

"그냥 이곳저곳을 떠돌아다니며 검을 익혔습니다."

노인은 더 이상 따지고 물어봐야 선욱에게 자세한 대답을 들을 수 없다고 생각했다.

'하긴 기 수련법 같은 비전의 내력을 묻는 것은 도리가 아니지. 더 이상 따져 묻지 말아야겠군.'

노인이 다시 입을 열었다.

"나는 선무도관의 주인이네. 자네에게 내상을 입힌 사람은 바로 내 아들이네."

"아! 그렇습니까?"

"허허, 미안하게 되었네. 내 아들이 흥분해서 자네에게 기검을 펼치고 말았네."

선욱은 마나가 실린 검을 기검이라 표현한다는 사실을 알았다.

"정말 큰일 날 뻔했네. 자네가 적절히 대응하지 않았다면 목숨을 잃을 수도 있었네."

"제 수련이 부족한 탓입니다. 누굴 탓하겠습니까?"

"아무리 그렇다 해도 자네처럼 젊은이에게 기검을 사용하는 건 올바르지 않네. 그래서 내 그 녀석에서 한 달 면벽 수련이라는 벌을 내렸다네. 이해해 주게. 성정이 나쁘지는 않은데 성격이 좀 급해서…… 허허허."

"이미 잊었습니다. 그리고 오히려 제가 고맙습니다. 비전 단약 덕분에 큰 성취를 얻었습니다."

"호오! 그랬군. 어쩐지 자네의 신색이 훤해 보인다 싶더니……"

"그런데…… 놀랐습니다. 어르신 같은 성취를 얻은 실력자가 세상에 존재할 줄은 몰랐습니다."

"허허허, 세상은 넓다네. 나 말고도 좀 있지."

"더 있단 말입니까?"

"그렇네."

"그럼 그들 모두 어르신과 같은 능력을 지니고 있습니까?"

"몇몇 정도는 그렇지."

"흠……. 혹시 영감님보다 더 뛰어난 사람도 있습니까?"

"그건 왜 묻는 것인가?"

"……."

"허허허, 알겠네. 대답해 주지. 내 자랑은 아니지만 현재 나보다 더 강한 실력자는 없네. 하지만 비슷한 이들은 좀 있지."

선욱이 천천히 고개를 끄덕였다.

'그렇군. 이 세상에서는 중급 엑스퍼트가 최고 실력자야.'

그때, 노인이 다시 말했다.

"오래전 전설처럼 전해지던 선조가 있었네. 검에서 빛을 뿜어내고 뜻으로 검을 조정해 자유롭게 허공을 부유하게 만든 분이 계셨다고 하네. 하지만 그건 전설일 뿐, 실제로 그런 분이 존재했는지는 알 수 없네."

노인의 말에 선욱은 다소 놀랐다. 노인의 말이 사실이라면 마스터의 경지에 이른 능력자이기 때문이다.

소드 마스터.

말이 쉽지 실제로 그런 경지에 이른 능력자는 전생에서도 드물었다. 한 대륙 전체를 통틀어도 한 손에 꼽힐 정도였으니 말이다.

그런데 이처럼 기가 희박한 세상에서 그런 실력자가 나

왔다는 건 불가사의한 일이었다.

선욱은 현재 자신의 능력을 가늠해 보았다.

아무리 검술에 대한 이해도가 그랜드 마스터급이지만 현실에서 구현해 낼 수 있는 데에는 한계가 있다. 마나가 모자라기 때문이다.

그렇다면 선욱은 지금 자신의 능력이 노인에게 미치지 못할 것이라 생각했다. 물론 시간이 지나 마나를 더욱 집적시킨다면 소드 마스터 상급의 경지에까지 이를 수 있겠지만, 전생의 지욘프리드가 이루었던 마스터의 경지에 이르는 건 거의 불가능하리라.

"무슨 생각을 그렇게 골똘히 하나?"

"아, 아닙니다."

"한데, 이곳에는 어떻게 찾아왔나? 손녀 아이 말로는 도검을 사러 왔다고 하던데……?"

"목검 한 자루가 필요해서 왔습니다."

"목검이라……. 한데, 내 아들이 만든 검을 보고 심한 말을 했다더군."

"그게……. 죄송하게 되었습니다."

잠시 선욱을 쳐다보던 노인이 너털웃음을 터뜨렸다.

"허허허. 자네 말이 맞네. 사실 그 검들은 어디 내놓기 부끄러운 것들이지."

"……"

"진짜 검을 보여 줄까?"

"다른 검들도 있습니까?"

"물론이네. 우리 가문의 선조들은 원래 대장장이 출신이지. 그래서 도검류를 만들어 왔다네."

선욱은 호기심이 일었다.

"보여 주십시오."

"움직일 수 있겠나?"

선욱이 벌떡 몸을 일으켰다.

전에 없던 힘이 온몸에서 넘쳐흘렀다.

"허허허, 다 죽어 가던 사람이 눈 깜짝할 사이에 털고 일어나다니…… 오늘 정말 여러 번 놀라는군. 따라오게."

선욱은 노인을 따라 방을 나갔다.

잠시 후, 두 사람은 지하실로 갔다.

그런데 말이 지하실이지 온도나 습도 조절까지 완벽하게 갖추어진 무기고였다.

그곳에는 수많은 진짜 도검들이 보관되어 있었는데, 아무리 적게 봐도 수백 자루는 될 것 같았다.

선욱은 지하실의 시설들을 둘러보았다.

'이런 지하실을 꾸미려면 상당한 돈이 들어갔을 텐데…… 이 집안 꽤나 부자인 모양이군.'

선욱은 우선 가까이 있는 검 하나를 보았다.

"만져 봐도 됩니까?"

"그렇게 하게."

선욱은 검을 집어 들더니 검집에서 빼냈다.

스르릉!

검이 검집을 빠져나오는 소리부터 달랐다.

검을 완전히 빼 들자 시퍼런 검광이 검신을 타고 흘렀다.

선욱이 검을 이리저리 살펴보고 허공에 가볍게 휘둘러 보더니, 다시 검집에 꽂더니 제자리에 놓았다.

노인이 의아한 표정을 지었다.

"눈치를 보니 마음에 들지 않는 것 같군."

"쓸 만하긴 한데, 몇 번 사용하고 나면 버려야 할 물건이군요."

노인의 미간이 살짝 좁혀졌다.

"그럼 저쪽에 있는 건 어떤가?"

노인이 다른 벽면에 걸려 있는 검을 가리켰다.

선욱은 노인이 가리킨 검을 집어 들고는 검집에서 뺐다.

검을 이리저리 살피고 휘둘러 보던 선욱이 조금 전과 마찬가지로 심드렁한 표정을 지었다.

노인이 '끙!' 하는 소리를 내더니 이번에는 안쪽에 있는 검을 직접 집어 들고 와서 선욱에게 내밀었다.

"이걸 보게."

선욱이 검을 빼 들고는 살피더니 어깨를 으쓱했다.

"이건 좀 낫군요."

"조, 좀 나아? 이게 조금 나은 정도란 말인가?"

"그렇습니다."

"자, 자네 정말 검을 볼 줄 알기는 아는가?"

"저는 대장장이가 아니니 검을 어떻게 만드는지는 잘 모릅니다. 하지만 그 검으로 어느 정도의 적을 얼마나 벨 수 있을지는 잘 압니다."

"뭐? 저, 적을 베어?"

"이를테면…… 그렇단 말이죠. 이 검이 제법 잘 만들어졌기는 하지만 마나…… 아니, 기를 품고 전달하는 데에는 그렇게 뛰어나지 못합니다. 검에 마음이 없기 때문입니다."

"마음? 검의 마음이라 했는가?"

"그렇습니다. 진짜 검은 마음을 지니고 있죠. 사람들이 제각각이듯 검의 마음도 각각입니다. 어떤 놈들은 차갑고, 또 어떤 놈들은 따뜻하죠. 그리고 살기를 품고 피를 찾는 섬뜩한 놈들도 있습니다. 그런 놈들은 배 터지게 피를 먹여 주어야 고분고분 주인을 따르지요."

노인은 선욱의 말을 듣고 어떻게 생각해야 할지 알 수 없었다.

선욱의 말을 곧이곧대로 듣자니 무슨 소설책을 읽는 느낌이었고, 허풍이라 여기자니 그의 말이 너무도 현실감 있게 들렸던 것이다.

그건 결코 경험해 보지 않고서는 할 수 없는 말들이었다.

노인이 잠시 선욱을 쳐다보더니 뭔가 결심한 표정으로 걸음을 옮겼다.

노인이 벽면 어딘가를 만지자 '그긍!' 하는 기관음이 들렸다. 그와 동시에 한쪽 벽면 전체가 한 바퀴 빙글 도는 게 아닌가.

그리고 그 벽면에 다섯 자루의 검이 걸려 있었다.

선욱이 그 검들을 보고는 흠칫하는 표정을 지었다.

노인이 굳은 표정으로 선욱에게 말했다.

"이 검들을 보게. 원래 외인에게는 절대 보여 주지 않지만 자네에게 특별히 공개하는 것이네."

선욱이 벽으로 다가가더니 검들을 살폈다.

오래전에 만들어진 듯 무척 고풍스러웠다. 어떤 검들은 심한 고초를 겪은 듯 검집이나 검자루에 상처가 나 있기도 했고, 또 어떤 것들은 불에 그슬린 흔적이 있기도 했다.

한눈에 보기에도 검의 주인들이 환란이나 전란을 겪었던 게 분명했다.

그 검들 중에는 살기가 짙은 살검도 있었고, 분노가 가득 담긴 것, 그리고 슬픔과 눈물이 절절이 흐르는 것도 있었다.

선욱의 시선이 그 검들 중 하나에 가서 멎었다.

그 검을 보고 기운을 느끼자 선욱은 눈물을 흘릴 뻔했다. 너무도 통렬한 슬픔이 검에서 느껴졌기 때문이다.

선욱이 잔뜩 굳은 표정으로 그 검을 집어 들고는 눈을 감았다.

검에서 비명이 들리는 듯하다.

세상의 모든 슬픔을 짊어진 듯하다.

'무엇이 너를 그렇게 슬프게 했느냐?'

비이잉!

검이 희미하게 떨리더니 낮은 검명을 토했다.

그 모습을 지켜보고 있는 노인의 두 눈이 커졌다.

지금까지 검이 우는 모습을 본 건 딱 한 번이었다. 노인의 부친이 그 검으로 스스로 목숨을 끊었을 때였다.

선욱이 긴 한숨을 내쉬더니 검을 다시 걸었다.

노인이 떨리는 목소리로 물었다.

"무, 무엇을 느꼈느냐?"

"지독한 슬픔이었습니다. 도대체 검의 주인에게 무슨 일이 있었던 겁니까?"

노인이 잠시 선욱을 쳐다보더니 긴 한숨을 내쉬었다.

"휴! 그 검의 주인은 내 선친이셨네."

"아!"

"선친께서는 명성황후를 지키던 비밀 호위셨네."

선욱이 흠칫하는 표정을 지었다.

"명성황후라면……. 일제강점기에 비운에 간 그 황후 말입니까?"

"그렇네. 세상에 명성황후가 그분 말고 누가 또 있겠는가?"

"음⋯⋯."

"자세한 당시의 상황에 대해서는 나도 알지 못하네. 아버님은 황후를 지키지 못하신 사실을 비관해 스스로 그 검으로 목숨을 끊으셨다네. 아! 아직도 눈앞에 선하군. 그렇게 슬프고 억울하고, 또 분노하는 아버님을 본 건 그때가 처음이자 마지막이었네."

선욱은 검에 얽힌 비사가 예사롭지 않다는 사실을 알았다. 그래서 더 이상 아무것도 묻지 않았다.

대신 이렇게 말했다.

"그 검은 뜨거운 용광로에 넣어 녹여 버리는 게 좋겠습니다."

"뭐, 뭐라?"

"검이 고통스러워하고 있습니다. 주인이 지녔던 모든 슬픔을 검이 짊어졌습니다. 검에게는 존재 자체가 고통이고 슬픔입니다."

다른 누군가가 이렇게 말했다면 노인으로부터 분노의 일검을 받았을지도 모른다.

하지만 선욱이 한 말이었기에, 그리고 선욱이 그 검을 들자 검이 우는 소리를 분명히 들었기에 노인은 달리 생각했다.

"한 번 생각해 보겠네."

선욱이 다른 검들을 둘러보더니 말했다.

"왜 여기 있는 검들은 한결같이 분노와 슬픔, 그리고 살기를 담고 있는지 모르겠습니다."

"우리 한민족의 역사와 함께했으니 그러하네. 외적에 맞서 처절하게 싸운 전란의 한가운데 있었던 검들이니 그러할 것이네."

선욱이 천천히 고개를 끄덕였다.

"인정하죠. 이 검들에는 혼이 담겨 있습니다. 이만하면 명검이라 인정해 줄 만합니다."

"허허허, 이제야 그런 말이 나오는군."

"하지만 이 검들은 새로운 주인을 만날 수 없을 겁니다. 마지막에 함께했던 주인들의 마음이 너무도 깊이 스며 있습니다. 아마 이 검들은 새로운 주인을 인정하려 하지 않을 겁니다."

노인이 감탄하는 표정을 지었다.

"자네 말이 맞네. 그 검들은 수십, 수백 년 동안 새로운 주인을 찾지 못했네. 그래서 이렇게 벽에 걸려 있는 것이네."

"그럼…… 이게 끝입니까?"

"이보다 더 좋은 검들을 찾는단 말인가?"

선욱이 다른 쪽 벽을 가리켰다.

"저기에 뭐가 있지 않습니까?"

노인의 안색이 더할 나위 없이 굳었다.

"그걸 어떻게……?"

선욱이 알 수 없다는 표정으로 노인을 쳐다보았다.

7장

돈을 벌어라

경악한 표정의 노인이 고개를 절레절레 흔들었다.

"아니야. 그 검은 보여 줄 수 없네."

할 수 없다는 것을 더더욱 하고 싶은 게 사람의 마음이다.

선욱도 마찬가지였다. 도대체 노인이 무슨 검을 벽 속에다 숨기고 있는지 궁금했다. 더구나 벽 안에서 기이하고 강한 기운이 계속해서 자신을 자극하고 있었다.

"왜 보여 줄 수 없다는 겁니까?"

"그 검에는 마가 끼었네. 그래서 요검이라고 부르지. 검을 본 사람들은 누구 하나 검의 매력에 빠져들지 않은 자가 없었네."

"그토록 좋은 검이라면 더더욱 보고 싶은데요? 한 번 보여 주십시오."

"그 검의 매력에 빠져들었던 사람들이 어떻게 되었는지 아는가? 모두 폐인이 되었어."

선욱의 안색이 굳었다. 검의 기운이 아무리 강하다 해도 사람을 폐인으로 만들 정도는 아니다. 만약 그런 검이 존재한다면 자아를 형성한 귀물이라 불러야 마땅했다.

"전 괜찮을 겁니다."

"허! 그 검을 보면 나조차 참기 어렵네. 그런데 자네가 보고 괜찮다고?"

"물론입니다."

"나는 앞날이 창창한 청년의 미래를 오늘 이 자리에서 망치고 싶지 않네."

선욱이 입맛을 다셨다. 주인이 보여 주지 않겠다는 데 어쩔 도리가 없었던 것이다.

'쳇! 이 영감 어지간히 꼬장꼬장하군.'

선욱은 어쩔 수 없다는 듯 아쉬움의 한숨을 내쉬었다.

"그렇군요. 그럼 어쩔 수 없죠."

"대신 원하는 검이 있으면 하나 가지게. 선물로 주겠네."

"갖고 싶은 검은 없습니다. 저 벽장 속에 있는 거라면 모르지만……."

"자네 정말……."

"그냥 목검이나 하나 주시면 고맙게 받겠습니다."

선욱을 잠시 노려보던 노인이 고개를 절레절레 흔들었다.

"자네 같은 고집불통은 처음이군. 정 그 검이 보고 싶다면 나와 대련을 해서 이기게. 그럼 보여 주겠네."

"정말입니까?"

"물론이네."

"흠!"

선욱이 눈을 가늘게 뜨고 노인을 쳐다보았다.

현재 선욱의 실력은 초급 엑스퍼트와 비슷했다. 검술에 대한 이해도나 깨달음의 깊이만큼은 상상할 수 없을 정도로 깊지만 아직은 육체나 마나가 그걸 감당할 수 없다. 따라서 지금 당장 노인과 싸운다면 질 게 분명했다.

"알겠습니다. 일, 이 년만 기다려 주십시오."

선욱의 말에 노인이 발끈했다.

"뭐? 일, 이 년이라고? 일, 이십 년이 아니고?"

"그렇게까지 걸리진 않을 겁니다."

"내 살다 살다 자네처럼 광오한 성격의 젊은이는 처음이군."

"내년이나 내후년 안에 어르신을 따라잡고 그 검을 꼭 가지고 말 겁니다."

"난 보여 준다고만 했지 자네에게 넘긴다는 말은 하지 않았네."

"아마 보게 되면 제 검이 될 겁니다."

"자신만만하군. 나중에 폐인이나 되지 말게."

선욱은 노인과 함께 지하에서 올라왔다.

1층 매장으로 가자 검은 뿔테안경의 아가씨가 쪼르르 달려왔다.

"할아버지잉!"

"이 녀석이 또 왜 이래? 징그럽게."

"아버지 한 번만 용서해 주세요. 넹?"

"안 돼! 네 아비 이야기는 꺼내지도 마라!"

"힝! 아버지 성격 급하신 거 할아버지도 잘 알잖아요."

"이번 기회에 아주 버르장머리를 고쳐 놓아야겠다."

"히잉! 할아버지이!"

"그래도 소용없다. 자칫 사람이 죽을 뻔했어."

"그래도 무사하잖아요. 그렇죠?"

눈을 동그랗게 뜨고 선욱에게 구원을 요청하는 그녀의 모습은 너무 앙증맞고 귀여웠다.

선욱이 가볍게 웃으며 말했다.

"전 괜찮으니 손녀 소원이나 들어주십시오, 어르신."

"안 돼. 그 녀석 이번에는 큰 사고 칠 뻔했어."

"덕분에 제가 큰 도움을 받지 않았습니까?"

"그건 그거고!"

검은 뿔테안경의 아가씨가 입을 삐죽였다.

"피! 아버진 할아버지 아들 맞아요?"

"그런 아들 아버지 하기 싫다!"

"히잉!"

"흥! 울어도 소용없어. 이번엔 절대 그냥 넘어가지 않을 테니까."

노인이 선욱에게 말했다.

"자네 목검 고르지 않을 텐가?"

선욱은 근처에 있는 목검 아무거나 대충 집어 들었다.

"이거면 됩니다. 고맙습니다."

"그런데 그 목검은 왜 필요해? 어디 가서 수련이라도 하려고 그러나?"

"쓸데가 좀 있어서요……."

"자네 혹시 그걸로 사람 잡으려는 건 아닌가?"

"실은 그래야 할 것 같습니다."

"뭐? 검을 배운 사람이 사람을 상대로 검을 써?"

"얼마 전까지만 해도 전 병원에 입원해 있었습니다. 뺑소니 폭주족 때문에 말입니다."

"그럼 그 폭주족을 잡으려고……?"

"오토바이 탄 놈들을 상대해야 하니 맨손보다는 이거라도 있는 편이 좋을 것 같아서요."

"음."

"걱정 마십시오. 정말 놈을 잡아서 어떻게 하지는 않을 테니까요. 하지만 단단히 쓴맛을 보여 줄 작정입니다."

"자네 정도의 실력이라면 충분히 조절할 수 있겠지. 하지만 조심하게. 생명을 상하게 해서는 안 돼."

"예, 어르신."

"그건 그렇고……. 검술 수련은 어디서 하나?"

"주로 산에서 체력 단련 위주로 하고 있습니다. 하지만 이젠 본격적으로 마나…… 아니, 기 수련을 할 생각입니다. 물론 체력 단련도 병행해서 말입니다."

"그래? 그럼 이곳에 나와서 수련하는 게 어떤가? 필요하면 내가 직접 도와주겠네."

"알겠습니다. 가끔 한번 들르겠습니다."

"끙! 가끔 한번 들른다고? 내게 한 수 배우고 싶어 하는 놈들이 줄을 서 있는데, 자넨 내가 가르쳐 주겠다고 해도 사양하는군. 시간이 나면 한 번씩 들르게. 차라도 한 잔 하고 세상 사는 이야기나 나누세."

"알겠습니다. 목검 고맙습니다."

"아! 그러고 보니 내 소개도 제대로 하지 않았군. 나는 조종학이라고 하네. 여기 받게."

노인이 명함 한 장을 내밀었다.

선욱이 명함을 받아서 지갑에 넣었다.

그때, 검은 뿔테안경의 아가씨가 재빨리 나섰다.

"난 조현경이에요. 자주 봬요."

선욱이 고개를 끄덕이더니 매장을 떠났다.

그가 떠나고 나자 검은 뿔테안경의 아가씨, 조현경이 할아버지에게 물었다.

"도대체 무슨 일이 있었기에 할아버지가 그 사람을 지하실에까지 데려갔어요?"

"그럴 일이 있었다. 그보다 사내아이들에게 콧대 높은 네가 왜 그 아이에게 자주 보자는 말을 한 것이냐?"

"할아버지가 그처럼 누군가에게 관심을 가지는 건 드문 일이잖아요? 그래서 호기심이 생겼죠, 뭐."

"녀석!"

"할아버지. 근데, 아버지 정말 한 달 동안 골방에 가둬 두실 거예요?"

"일없다. 그 녀석 이야기라면."

"아버지 성격상 골방에 갇혀 지내시면 정신이 어떻게 될지도 모르는데…… 할아버지잉!"

"흥! 난 올라갈란다."

"그러지 마시고……."

현경이 계속 할아버지를 졸졸 따라다니며 사정을 했다.

✠　✠　✠

목검을 들고 매장에서 나온 선욱은 아쉬움의 입맛을 다

셨다.

지하실에서 벽장 속에 있는 검을 보지 못했기 때문이다.

전생부터 지욘프리드는 좋은 검이라면 환장을 하는 사람이었다. 밤에 잘 때에도 애검을 품에 안고 잘 정도였다. 그런 그가 오랜만에 마음이 가는 검을 발견했는데 구경도 못하고 돌아섰다는 건 너무도 아쉬운 일이었다.

'내 마음을 그렇게까지 흔드는 검은 많지 않은데…….
도대체 무슨 검인지 모르겠군. 빨리 실력을 키워서 그 영감을 제압한 후에 검을 보여 달라고 해야겠다.'

선욱은 아쉬움을 뒤로하고 그곳을 떠났다.

선욱이 찾아간 곳은 일산의 중심가라 할 수 있는 장항동이었다.

제법 많은 사람들과 차로 붐비는 거리에서 선욱이 주위를 두리번거렸다.

"인터넷에서 보았던 매장이 이 근처인데……. 아! 저기 있군."

꽤 넓고 현대적인 건물에 들어서 있는 할라―데이비슨 오토바이 매장이 선욱의 눈에 띄었다.

그곳은 여느 오토바이 상사와는 달라도 크게 달랐다. 마치 자동차를 판매하는 영업소처럼 잘 꾸며 놓은 곳이었다.

선욱이 매장으로 들어서자 영업 사원으로 보이는 젊은 사내가 다가와 인사를 했다.

"어서 오십시오, 손님."

"여기가 할리—데이비슨 오토바이 전문점이 맞습니까?"

"그렇습니다. 저희 매장은 한강 이북에서는 세 곳밖에 없는데, 이곳이 그중 한 곳입니다."

"제대로 찾아왔군요. 사실은 이 매장에서 파는 오토바이를 타는 사람을 찾고 있습니다."

"네?"

"이름은 규철이라고 하고 커다란 해골 문양을 오토바이 옆에 붙이고 다니는데……."

"손님, 죄송하지만 저희는 고객에 대한 정보는 공개하지 않는 것을 원칙으로 하고 있습니다."

"그가 범죄에 연관되었다고 해도 말입니까?"

선욱의 말에 영업 사원의 안색이 굳었다.

"그래도 마찬가지입니다. 정 정보를 원하신다면 형사를 대동해서 법원의 영장을 가져오셔야 합니다."

"음!"

선욱이 미간을 찌푸렸다.

'내가 어리석었군. 오토바이 회사 입장에서는 그가 고객일 테니 정보를 줄 리가 없지. 다른 방법으로 찾아봐야겠구나.'

"죄송합니다, 손님. 도와 드릴 수 없겠네요."

"그럼 매장을 잠시 둘러보겠습니다."

"그건 상관없습니다. 둘러보십시오."

영업 사원은 내키지 않는 표정이었지만 매장을 둘러보겠다는 선욱의 요구를 거절하지는 못했다.

선욱은 매장에 전시되어 있는 오토바이를 살피다가 한 곳에 가서 눈이 멎었다. 자신을 친 바로 그 오토바이와 같은 기종이었다.

"이 오토바이는 가격이 얼마죠?"

"그건 최신형이고 최고급 기종입니다. 대략 국산 대형 승용차 가격과 비슷하거나 더 높다고 생각하시면 될 겁니다."

선욱은 오토바이 한 대가 그렇게 비싸다는 사실에 놀랐다.

'그렇다면 부잣집 자식이겠군.'

선욱이 다시 물었다.

"이 기종의 이름은 뭡니까?"

"로드 글라이더 울트라라고 합니다."

"알겠습니다. 수고하십시오."

선욱은 곧바로 매장을 나왔다.

'로드 글라이더 울트라라……. 어떻게 해야 놈을 찾는다?'

잠시 고민하던 선욱이 오토바이 옆에 붙어 있는 해골 문양의 스티커를 떠올렸다.

"그래. 오토바이라면 모두 튜닝을 하겠지. 그리고 스티커도 아무 곳에서나 붙이지 않았을 거야. 동호회나 전문 튜닝점을 찾아봐야겠군."

선욱이 다시 발걸음을 돌렸다.

선욱은 PC방으로 찾아갔다. 그곳에서 여러 가지 검색을 하여 정보를 얻었다.

'오토바이 전문 튜닝샵이 제법 있군. 일단 한 번 가 보자.'

그는 근처에 있던 가까운 오토바이 튜닝샵으로 갔다. 매장이 크지도 않았고, 할리—데이비슨 같은 고급 기종은 찾아볼 수 없는 곳이었다. 하지만 그곳에서 뜻밖에 좋은 정보를 얻었다.

고급 기종의 오토바이를 튜닝하고 장식하는 전문샵에 대한 정보였다.

'튜닝샵이 그렇게 많을 줄은 몰랐군. 하지만 최고라고 알려진 전문샵은 서울에도 대여섯 군데밖에 없다니 잘됐군. 정 안 되면 그곳들을 뒤져서라도 찾아보면 되겠군.'

선욱은 우선 일산에 있는 전문 튜닝샵을 찾았다.

매장도 상당히 넓었고, 일을 하는 기술자들도 많았다. 그리고 간판에는 '수입 오토바이 전문'이라는 커다란 글이 적혀 있었다.

"어떻게 오셨습니까?"

샵의 사장으로 보이는 삼십 대 후반의 사내가 선욱에게 다가왔다.

"물어볼 게 있어서 왔습니다."

"예, 말씀하십시오."

"이 샵에서 할리—데이비슨 기종도 튜닝할 수 있습니까?"

"물론입니다. 제 전공이 원래 그 기종의 오토바이죠. 한데, 손님은 어떤 기종을 타십니까?"

"난 로드 글라이더 울트라입니다."

"오! 정말 멋진 놈을 타시네요. 어디 있습니까?"

"사정이 있어서 오늘은 타고 오지 못했고, 다음에 가져오겠습니다."

"언제든 들러 주십시오, 손님."

"그런데, 그런 기종의 오토바이만 타는 동호회 같은 것도 있습니까?"

"물론이죠. 인터넷 검색해 보시면 잔뜩 나올 겁니다."

"음. 사실 얼마 전에 할리—데이비슨 기종을 타고 다니는 대여섯 명의 라이더들을 봤습니다. 옆쪽에 해골 문양을 붙여 놓았던데, 아주 멋있더군요."

"하하하, 젊은 애들이 그런 문양을 붙여 놓고 다니는 걸 좋아해요."

"혹시 그 사람들 어디 가면 만날 수 있는지 아십니까?"

"글쎄요……. 어디서 보셨죠?"

"공문 대로입니다."

"오토바이 타는 애들이 주로 노는 곳이 거기긴 한데……. 그 정도로는 찾기 어려울 겁니다."

"그럼 다른 사람들이라도 소개해 줄 수 있습니까?"

"제가 아는 동생들이 좀 있습니다. 하지만 워낙 폐쇄적이라 새로운 멤버를 받아들일지 모르겠네요."

"부탁 한 번 해 보는 거야 어렵지 않을 거 아닙니까?"

"알겠습니다. 정 그러시면 언제 오토바이 가지고 다시 찾아오십시오. 언제 날을 봐서 소개는 시켜 드리죠."

"알겠습니다."

선욱은 튜닝샵을 떠났다.

'이거 쉽지 않군. 일단 오토바이가 있어야 말이라도 통할 것 같아.'

선욱의 형편에 수천만 원이나 하는 오토바이를 사는 건 불가능에 가깝다. 그렇다고 무작정 샵들을 찾아가 물어볼 수도 없는 일이었다.

하지만 선욱은 한 가지만은 분명히 알 수 있었다. 자신을 친 오토바이 기종은 무척 드물고, 그런 오토바이를 타고 다니는 폭주족들 또한 한정되어 있다는 사실이다.

결국 경찰이 마음만 먹고 탐문 수사를 벌인다면 그렇게 어렵지 않게 찾을 수도 있을 것 같았다.

'직접 해 보니 그렇게 어렵지도 않다. 그런데 왜 경찰은 그놈을 찾는 게 불가능에 가깝다고 했을까? 귀찮아서일까?'

그럴 가능성이 높았다.

'나라의 녹을 먹는 자들이 그렇게 나태하다니……'

선욱은 경찰서에서 만났던 이 형사라는 사람에게 은근한 분노를 느꼈다.

전생의 지욘프리드는 집요한 성격이다. 한 번 뭘 하겠다고 작심을 하면 죽이 되든 밥이 되든 끝장을 보는 사람이었다. 사람들은 그의 이런 성격에 치를 떨었지만, 한편으로는 그 때문에 그랜드 마스터의 경지에 이르렀을지도 모른다고 말했다.

하지만 지금의 선욱은 그럴 수가 없었다. 기약 없는 일에 무한정 매달리기보다는 해야 할 일들이 있었다.

막내 동생의 학원을 옮기기 위해서는 돈이 필요했다.

'적어도 백만 원 정도는 보태 줘야 학원에 다닐 수 있겠지.'

한 달에 벌어야 할 돈이 백만 원이다. 그렇게 큰돈은 아니지만 학생의 신분으로 아르바이트를 해서 꾸준히 벌어들이기에는 만만치 않다.

'내게 특별한 기술이라면 검을 쓰는 게 전부다. 이 세상에서 그 기술로 먹고사는 건 어려울 것이다. 선영이 학원비

도 마련해야 하니 일단 막노동이라도 해야겠군.'

선욱은 집으로 돌아갔다.

다음 날 아침.

선욱은 아침 일찍 일어나 '인력 사무소'라는 곳으로 찾아갔다. 가진 기술이 없으니 일용직 막노동 일거리라도 찾기 위해서다.

일거리는 많았지만 일을 구하기 위해 찾아온 사람들도 많았다. 하지만 대부분이 나이가 좀 있는 사람들이었다. 선욱처럼 젊은 사람은 드물었다.

덕분에 선욱을 비롯한 젊은 청년들이 가장 먼저 뽑혀서 건설 현장으로 갈 수 있었다.

선욱이 하는 일은 거의 완공되어 가고 있는 빌딩 내부를 청소하는 일이었다.

빌딩 내부에는 온갖 폐자재들과 쓰레기들이 널려 있었는데, 그걸 깨끗이 치우는 게 선욱이 해야 할 일이었다.

몇 명의 사람들이 조를 이루어 반장이라는 사람의 지시를 받았다. 선욱이 속한 조가 맡은 곳은 빌딩 5층과 6층이었다.

우선 두꺼운 장갑을 끼고 폐자재들과 쓰레기들을 모아 자루에 담아서 리어카에 싣는다. 그리고 그 리어카를 외부 계단까지 가져가 그곳에서 밖으로 던져야 했다.

먼지가 많이 났고, 육체적으로도 상당히 힘든 일이었다.

하지만 선욱은 수련을 한다는 생각으로 열심히 일했다.

무거운 물건을 드는 것에도 요령이 있다. 기술이 없는 젊은 사람들은 무조건 힘으로만 했지만, 조원들 중에 나이가 제급 지긋한 사람은 요령으로 했다.

요령이라는 게 별것은 아니다. 무게중심을 잘 잡고 힘을 써야 할 때와 빼야 할 때를 적정히 구분하는 게 전부다. 하지만 그것도 일을 오래 해 봐야 요령을 체득할 수 있다.

전생의 지욘프리드는 심하다 싶을 정도로 신체 단련을 한 사람이다. 그가 그랜드 마스터가 된 가장 큰 비결도 마나 수련뿐만 아니라 육체적인 수련을 병행했기 때문이다.

대부분의 기사들은 마나를 다룰 수 있게 되는 순간, 즉 엑스퍼트가 되면 신체 단련을 거의 하지 않는다. 그보다는 마나 수련을 통해 마나홀에 최대한 많은 마나를 집적시키는 데에만 골몰했다.

지욘프리드는 그게 잘못되었다고 생각했다.

아무리 물을 퍼부어도 물을 담는 그릇이 약하거나 작으면 많은 물을 담을 수 없다.

마나홀도 마찬가지다.

신체 단련을 통해 마나홀을 튼튼하게 만들고, 또 크기를 키우기 위해서는 신체 단련이 무엇보다 중요하다는 사실을 지욘프리드는 잘 알았던 것이다.

덕분에 선욱은 그 누구보다 일을 잘했다.

그리고 열심히 했다.

일을 하면서 수련도 하고, 또 돈도 벌 수 있으니 일석이조다.

함께 일하던 조원들이 좀 쉬어 가면서 하라고 했지만, 선욱은 그럴수록 더욱 열심히 했다. 나중에는 일할 곳이 없어 다른 조가 맡은 층으로 내려가서 도와주기까지 했다.

조원들은 그런 선욱을 보고 미쳤다고 했다. 거의 대부분 적당히 꾀를 피우면서 시간을 때우는 식으로만 했지 정말 선욱처럼 죽기 살기로 일하지 않는다.

마침내 일이 끝났다. 선욱이 일하는 모습을 눈여겨보고 있던 현장 반장이 선욱을 불렀다.

"무슨 일입니까?"

"자네 정말 열심히 일하더군."

"그랬습니까?"

"내 평생 자네처럼 열심히 일하는 사람은 처음 보았네. 혹시 이 건물이 자네 아버지 건가?"

"아닙니다."

"그런데 왜 그렇게 열심히 일을 하나? 물론 그렇게 해 주면 나야 좋지만 몸이 축날까 걱정이 돼서 하는 말이네."

"그런 걱정은 하지 않으셔도 됩니다. 제가 좋아서 하는 일이니까요."

"허! 일이 좋다고?"

"사실은 일을 하면서 몸을 단련하고 있습니다."

"모, 몸을 단련해? 세상에 노가다를 하면서 몸 단련하는 사람은 처음 보는군. 그거 아나? 그런 식으로 일하면 처음에는 괜찮을지 몰라도 얼마 지나지 않아서 탈이 난다네. 이건 내 현장 경험에서 하는 말일세."

반장의 말이 틀린 것은 아니다. 아니, 전적으로 옳다. 하지만 그건 평범한 사람들의 경우다. 선욱은 마나를 운영하면서 신체 단련을 한다.

그리고 전생의 지욘프리드였을 때에는 지금과는 비교도 되지 않을 정도로 몸을 혹사시키기도 했다. 그럼에도 불구하고 지욘프리드는 다치거나 몸이 축난 적은 거의 없다. 오히려 그의 신체는 힘든 일을 하면 할수록 더욱 튼튼해졌다.

"전 괜찮습니다. 걱정해 주셔서 고맙습니다."

"내일부터 인력 사무소에 가지 말고 이쪽으로 바로 오게."

"아! 그래도 되겠습니까?"

"물론이네. 그럼 수수료 일 할을 떼지 않고 자네가 임금을 다 가질 수 있을 거네."

"고맙습니다."

"고맙긴. 오히려 내가 고맙지. 자, 여기 있네."

반장이 5만 원짜리 두 장을 꺼내 선욱에게 주었다.

선욱이 의아한 표정을 지었다. 자신이 알기에 일당은 7만 원이었기 때문이다.

"앞으로 계속 이곳으로 일하러 나오게. 다른 곳에 갈 생각 말고. 그럼 자네에게만 특별히 일당 십만 원을 쳐주겠네."

일당 10만 원. 결코 작지 않은 돈이다. 그러니 선욱으로서는 뜻밖의 횡재나 마찬가지다.

"정말 이렇게 받아도 되겠습니까?"

"물론이네. 앞으로도 오늘처럼 열심히만 해 주게. 계속 이렇게 줄 테니."

"알겠습니다. 내일 뵙죠."

"자네 이름도 물어보지 못했군."

"강선욱입니다."

"앞으로 강 군이라 부르지. 그리고 여기 내 명함일세."

한국건설
부장 장선일

"장 부장님이시군요."

"그럼 내일 보세."

선욱은 현장을 나와 집으로 돌아갔다.

품속에 거금(?) 10만 원이 들어 있으니 왠지 마음이 뿌듯하다.

집으로 돌아오는 지하철 안에서 선욱은 생각했다.

'하루에 십만 원이면 열흘만 일해도 백만 원이군. 선영이 학원비로는 충분하겠어. 후후후, 좋군. 수련도 하고 돈도 벌 수 있으니.'

선욱은 만족스러웠다. 돈을 번다는 게 생각보다 어렵지 않았던 것이다.

하지만 그건 선욱 자신만의 생각이었다. 세상에 선욱처럼 일을 하고도 몸이 축나지 않을 사람은 없을 것이니 말이다.

선욱은 다음 날에도 아침 일찍 현장을 찾았다. 그리고 열심히 일을 했고, 퇴근할 때에는 또다시 10만 원이라는 거금을 챙겼다.

그렇게 아침부터 저녁까지는 건설 현장에서 일을 하고, 밤에는 마나 수련에 매진했다. 선욱의 몸은 점점 더 튼튼해졌고, 마나도 점차 쌓여 가기 시작했다.

마침내 한 달이 흘렀다.

선욱은 하루도 빠지지 않고 현장에 나가 일을 했고, 덕분에 그의 수중에는 300만 원이라는 거금이 모였다.

다음 날 아침, 선욱은 일을 하루 쉬기로 하고 가족들과 함께 아침 식사를 했다.

식사를 마친 후, 선욱이 품속에서 봉투 하나를 꺼냈다.

어머니가 의아한 표정으로 선욱에게 물었다.

"이게 뭐니, 선욱아?"

"선영이 학원비입니다."

"뭐?"

어머니가 봉투를 열어 돈을 꺼내 보더니 눈을 크게 떴다.

"선욱아! 어디서 이 큰 돈을······."

"일을 해서 돈을 벌겠다고 말씀드리지 않았습니까?"

"그래도 이건 너무 많은데······. 헉! 이백오십만 원이나 돼?"

아버지가 다소 굳은 표정으로 물었다.

"선욱아, 혹시 이상한 일을 하는 건 아니겠지?"

"건전한 일입니다. 걱정 마십시오."

"음. 그래도 이건 너무 많다. 도대체 무슨 일을 한 거냐?"

"그냥 이것저것 했습니다."

"말 못 할 사정이라도 있는 거냐?"

"그건 아니고······. 현장에서 일을 좀 했습니다."

"현장이라면 건설 현장 말이냐?"

"그렇습니다."

"선욱아! 그게 얼마나 힘든데······."

"전혀 힘들지 않습니다. 오히려 몸을 단련하는 데 도움이 됩니다."

"그, 그게 말이 되느냐? 막노동으로 어떻게 몸을 단련해!"

"사실입니다. 그러니 걱정 마십시오. 그보다 아버지는 이제 밤에 대리운전 나가는 일을 그만두십시오."

"아니다. 그보다 네가 일을 그만두어라. 젊은 나이에 몸이 상하면 어떻게 하려고 그래?"

"제가 알아서 잘 하겠습니다. 걱정하지 마십시오."

"그래도 노동으로 이백오십만 원이나 벌었다면 거의 매일 나갔다는 게 아니냐. 그건 너무 무리다."

선영도 걱정스럽다는 표정으로 말했다.

"아빠 말씀이 맞아. 그만둬, 오빠."

"내가 알아서 한다. 넌 학원이나 열심히 다녀. 그래서 훌륭한 가수나 연기자가 되어라."

"오빠……."

그때, 선민이 입맛을 다시더니 나섰다.

"헐! 이거 나만 완전히 식충이 되는 분위기네."

어머니가 선민이를 타박했다.

"이 녀석, 넌 사고나 치지 마라. 네가 친 사고 수습하느라 들어간 돈만 합쳐도……."

"집 한 채는 산다. 그거죠? 네, 압니다. 알아요."

"이 능글맞은 녀석이……."

아버지가 어머니를 말렸다.

"그만두시오. 그래도 요즘은 잠잠하지 않소. 그리고 사내자식들, 한창 때는 쌈질도 하면서 크는 거요."

"어휴! 당신이 그렇게 선민이를 감싸고도니 저 녀석이 만날 쌈질만 하고 다니잖아요."

선민이 갑자기 일어나더니 어머니의 뒤로 가서 목을 껴안았다.

"헤헤헤, 어머니. 조금만 참으세요. 제가 졸업하고 나면 돈 펑펑 벌어다 드리죠."

"징그럽다, 이 녀석아. 공부가 그렇게 싫으면 기술이라도 배워. 그래야 어디 가서 사람 구실이라도 하지."

"걱정 마시라니까요! 저 고등학교 졸업하면 바로 군대 갑니다."

"그야 당연히 가야지."

"그런데 그냥 군대가 아닙니다. 특전사 갈 겁니다."

"트, 특전사?"

"진짜 사나이라면 자고로 특전사 아닙니까?"

"위험할 텐데……. 안 된다. 그냥 일반병으로……."

그때, 아버지가 어머니의 말을 가로막고 나섰다.

"그래. 네 뜻대로 하거라. 특전사에 가든, 해병대에 가든 나라를 위해 봉사하고 오너라."

"역시 제 마음을 알아주시는 분은 아버지밖에 없다니까

요. 헤헤헤."

"녀석!"

어머니가 혀를 차더니 다시 물었다.

"그런데 특전사 가서 무슨 돈을 펑펑 벌어다 준단 말이냐?"

"돈은 특전사 제대 후에 벌 거예요. 두고 보세요."

"제대 후에 뭘 해서?"

"그건 비밀! 미안해요, 엄마! 쪽!"

"으이구, 징그럽다, 이놈아!"

두 사람이 아옹다옹하는 모습을 보며 선욱은 저도 모르게 미소를 지었다.

아버지가 다시 선욱에게 말했다.

"선욱아, 어쨌든 몸 아프지 않게 알아서 잘 해라. 장가 가기 전까지는 네 몸의 반은 아직 내 거다. 무슨 말인지 알지?"

"물론입니다. 걱정 마십시오. 그리고 아버지, 대리운전은 그만두십시오."

"음!"

"영업하시려면 손님들 접대도 하고 그래야 할 텐데 운전은 어떻게 하십니까?"

"그래서 이 눈치 저 눈치 보면서 술은 안 먹는다."

"하지만 잠을 못 주무시잖아요. 그러시다가 병이라도 얻으면 큰일 납니다. 아버지는 우리 가족의 기둥이고 가장이 아니십니까? 아버지가 아프시면 가정이 흔들립니다."

"녀석!"

어머니도 선욱을 거들었다.

"선욱이 말이 맞아요. 당신 더 이상 대리운전하지 마세요. 선욱이 병원비 들어갈 일도 없는데, 꼭 무리할 필요 있어요?"

"알겠소. 일단 이번 달까지만 하고 다음 달부터는 그만두도록 하겠소."

"잘 생각했어요."

"자, 그럼 출근을 해 볼까?"

선민과 선영이 '학교 다녀오겠습니다.' 라고 소리치더니 가방을 챙겨 들고 집을 나갔다.

선욱은 어머니와 함께 오랜만에 커피도 마시고, 또 과일도 먹으며 아침 시간을 보냈다.

어머니는 TV를 켜더니 아침드라마에 빠져들었다.

선욱도 잠시 드라마를 보았지만, 내용이 너무 막장으로 치달아 도저히 볼 수가 없었다.

'나도 나가 봐야겠군. 오랜만에 시간이 났으니 폭주족 녀석이나 잡으러 가 볼까?'

선욱은 어머니에게 인사를 한 후, 집을 나섰다.

선욱이 먼저 찾아간 곳은 경찰서였다.

담당 수사관인 이 형사는 선욱이 다시 경찰서에 나타나자 오만 인상을 다 찌푸렸다.

"왜 또 왔어? 내가 연락 준다니까!"

"한 달이 되었습니다. 그런데도 아직 잡지 못했습니까?"

"내가 말했잖아. 폭주족 잡는 게 연쇄살인범 잡는 거보다 더 어렵다고."

"수사 의지가 있긴 한 겁니까?"

"뭐야? 여기가 어디라고 그따위 소릴 지껄여!"

"제가 직접 알아봤습니다."

"뭐? 직접 알아봐?"

"저는 일반인이니 어렵겠지만, 공권력을 가진 경찰관이 마음먹고 수사한다면 충분히 잡을 수 있다는 생각을 했습니다."

"그럼 나중에 경찰관 되어서 직접 잡아 보지 그래?"

선욱이 무표정한 얼굴로 이 형사를 쳐다보았다.

이 형사는 선욱의 눈길이 부담스러운지 헛기침을 하며 고개를 돌리고는 먼 산 쳐다보는 표정을 지었다.

선욱이 두 눈을 가늘게 떴다.

전생의 지욘프리드는 수십 년을 살면서 많은 일들을 겪었다. 은혜를 입은 적도 있지만 배신도 무수히 당했고, 충직한 수하로서 상관의 명에 복종하기도 했지만 훗날 수만 명의 대군을 이끌고 전장에 나서기도 했다.

그런 과정에서 온갖 사람들을 다 만났고, 그 경험들을 고스란히 가지고 있다.

따라서 상대가 무슨 생각을 하고 있는지 행동이나 말투만 보고 들으면 대충은 알 수 있다.

지금 선욱이 보기에 이 형사는 뭔가 숨기는 게 있었다.

'도대체 뭘 숨기는 거지? 내 눈을 마주치지 않으려는 걸 보면 분명히 거짓말을 하거나 거리끼는 게 있는데.'

잠시 이 형사를 쳐다보던 선욱이 몸을 일으켰다.

"수사 잘 좀 해 주십시오. 전 이만 가 보겠습니다."

"자꾸 찾아오고 하지 마. 피해자들 일일이 만나는 거 보통 피곤한 일 아냐."

"다음에 또 찾아뵙죠."

"뭐야?"

"그럼!"

선욱은 그가 무슨 반응을 보이든 상관치 않고 경찰서를 나섰다.

"흠! 아무래도 다른 방법을 찾아야 할 것 같은데……."

선욱은 무력감을 느꼈다.

전생의 삶에서는 힘이 최고였다. 지욘프리드는 가장 강한 힘을 지닌 사람이었고, 따라서 뜻하는 건 모두 이루었을 뿐 아니라 원하는 것도 전부 가질 수 있었다.

하지만 지금의 세상에서는 다르다. 이 세상은 법이라는

테두리 안에서 형성되어 있다. 그리고 그 누구라도 법을 벗어나서는 사회의 구성인이 될 수가 없다.

'후후후, 법이 왕인 세상이군.'

선욱은 현대의 사회가 참으로 합리적이라는 생각이 들었다. 하지만 그 부작용도 만만치 않다.

법을 집행하는 사람들이 딴마음을 품는다면 그걸 바로잡을 수 있는 장치가 무척 허약하다는 점이다. 결국 검찰이라는 조직이 무소불위의 권력을 휘두르는 것도 그 때문이다.

'그리고 국회의원들, 재벌의 총수들……. 그들은 초법적인 존재들이지.'

흔히 나오는 뉴스만 봐도 알 수 있는 일이다.

세상에 부조리가 존재하지 않는 사회는 없다. 전생의 지욘프리드가 사는 세상도 그랬고, 현대도 마찬가지다.

지욘프리드의 세상에서는 검이 곧 힘이었다. 하지만 현대는 권력과 돈이다.

선욱이 두 눈을 가늘게 뜨고는 중얼거렸다.

'결국 이 세상에서 최고가 된다는 건 권력을 가지거나 엄청난 돈을 버는 것이겠군.'

선욱은 현대라는 이 세상에서 앞으로 어떻게 살아야 할지 고민했다. 가정을 이루고 평범하게 사는 것도 괜찮을 듯싶다.

권력을 가지거나 엄청난 돈을 벌어 초법적인 존재가 되고 싶다는 생각은 별로 들지 않는다.

사실 지욘프리드는 인간이 누릴 수 있는 최고의 권력을 가졌었고, 모든 이들의 정점에 서서 세상을 호령하기도 했다.

하지만 그런 사실들이 지욘프리드의 외로움과 허탈감을 채워 주지 못했다.

지욘프리드는 끊임없이 새로운 적을 찾아 검술을 겨루는 것에서 삶의 희망을 보았다. 결국 적수가 없어지자 그는 죽음을 택했다. 드래곤에게 도전한다는 사실 자체가 자살행위나 마찬가지이기 때문이다.

'권력과 돈은 결코 행복의 지표가 될 수 없다. 그랬다면 나는 세상에서 가장 행복한 사람이었을 것이다.'

문득 아침에 식탁에 둘러앉아 있을 때 보았던 가족들의 얼굴이 떠올랐다.

그러자 그의 얼굴에 절로 미소가 그려진다.

웃는 얼굴이라고는 거의 보여 주지 않았던 사람이 지욘프리드였다는 점을 생각하면 무척 놀라운 변화다.

그때보다는 차라리 지금이 좋다.

그랬다.

전생의 지욘프리드로서의 삶보다 지금 강선욱이라는 평범한 대학생으로서의 삶이 오히려 행복하다.

아무리 부정하려 해도 마음 한구석에서는 끊임없이 지금
이 행복하다고 말한다. 특히 가족들과 함께 있으면 강하게
요동치는 심장이 외친다.

지금 나는 행복하다고.

지금 나는 외롭지 않다고.

8장
새로운 인연

빠아앙!

자동차 한 대가 경적 소리를 내며 선욱의 앞을 휙 지나갔다.

"아차!"

선욱은 깜짝 놀라 뒤로 물러섰다.

상념에 빠진 채 정신없이 걷다 보니 교통신호도 무시하고 길을 건너려던 자신을 발견했던 것이다.

주위를 둘러보니 익숙한 곳이다.

"여긴……."

선욱이 고개를 절레절레 흔들었다.

선무도관이라는 간판이 눈앞에 있다.

'나란 놈은 어쩔 수 없구나.'

선욱은 왜 무심결에 자신의 걸음이 선무도관으로 향했는지 알았다. 바로 지하실 벽장 속에 감추어져 있는 검 때문이다.

다시 발길을 돌리려다가 선욱은 걸음을 멈췄다. 기왕 찾아온 곳이니 잠시 들려 보는 것도 나쁘지 않다는 생각이 들었던 것이다.

선욱은 선무도관을 향해 걸음을 옮겼다.

그런데 건물 앞에 승용차 한 대가 서 있는 게 보였다. 한눈에 보기에도 꽤 비쌀 것 같은 외제 승용차다.

차를 피해 입구로 들어가자 검은 뿔테안경의 아가씨, 조현경이 선욱을 맞았다.

"어서 오……. 아! 선욱 씨, 오랜만이네요."

"잘 지내셨습니까?"

"얼굴이 좀 탄 것 같네요? 한 달 만이죠?"

"예. 그동안 일을 좀 하느라고……."

"할아버지 만나러 오셨어요?"

"그렇습니다."

"마침 손님이 와 계신데……. 올라가 보세요."

"손님이 계시다면 다음에 오겠습니다."

"아니에요. 괜찮으실 거예요. 어차피 손님이라기보다는 가족이나 마찬가지인 분이에요."

"누구시기에……?"

"올라가 보면 아실 거예요."

어떤 손님이기에 올라가 보면 안다고 하는 걸까.

선욱은 호기심이 일었다.

"그럼 올라가 보겠습니다."

계단을 통해 위로 올라가자 한참 검술 수련에 열심인 관원들이 있었다. 그리고 그들을 지도하고 있는 사십 대 중년인이 눈에 띄었다.

선욱은 그를 그냥 지나칠 수 없어 먼저 인사를 했다.

"오랜만입니다. 잘 지내셨습니까?"

"어라! 넌……."

"강선욱입니다. 저 때문에 고초를 많이 겪으셨다고……."

"고초는 무슨. 다 지랄 맞은 내 성격 때문이지. 오히려 내가 미안하네. 한데, 몸은 괜찮은가?"

선욱은 그가 자신을 보고 길길이 날뛸 줄 알았는데, 오히려 미안하다고 하니 기분이 묘했다.

"전 괜찮습니다. 관장님 덕분에 오히려 득을 보았습니다."

"아버님께 이야기는 들었네. 다행일세."

"그럼 어르신을 뵈러 올라가겠습니다."

"그러게. 그렇지 않아도 아버님이 자네를 기다리던 눈치였는데, 반가워하시겠군."

"아! 그랬습니까?"

"어서 올라가기나 하게."

"예. 그럼!"

선욱은 곧바로 3층으로 올라갔다.

3층에는 넓은 마루가 있고, 그곳에는 기를 수련하느라 명상에 들어간 사람들 대여섯 명이 앉아 있었다.

선욱은 조용히 그들을 지나쳐 방으로 갔다.

"실례합니다."

"누군가?"

"접니다, 어르신. 강선욱입니다."

"아! 강 군. 어서 들어오게."

선욱이 안으로 들어가자 선무도관의 주인인 조종학이 반가운 얼굴로 맞았다.

"어서 오게."

"그동안 잘 지내셨습니까?"

"허허허, 이 늙은이에게 무슨 일이 있겠나? 어서 앉게."

"예. 한데 이분은……."

선욱은 조종학 맞은편에 앉아 차를 마시고 있는 사내를 쳐다보았다.

다부진 체격에 예리한 눈빛을 지닌 사내다. 나이는 대략 30대 중반이었는데, 몸은 20대라고 해도 좋을 정도다. 아니, 어지간한 몸짱들도 울고 갈 좋은 체격이다. 그리고 얼굴도 잘생긴 편이다. 꽃미남까지는 아니지만 사내다움이 물씬 풍겨 박력이 있어 보인다.

선욱은 그의 눈빛에서 기의 흐름을 느꼈다.

'마나를 익힌 자로군.'

조종학이 그때 말했다.

"허허허, 누군지 모르겠나, 강 군?"

"예?"

"이거 훈이가 섭섭해하겠는걸?"

선욱은 문득 그의 얼굴이 눈에 익다는 사실을 깨달았다.

'누굴까?'

잠시 고개를 갸웃거리던 선욱이 '아!' 하는 표정을 지었다.

"액션 배우 장훈 씨!"

장훈.

대한민국에서 이 사람의 이름과 얼굴을 모르면 간첩이다. 아니, 요즘엔 간첩들도 다 안다.

그만큼 장훈은 영화계에서 이름을 날리는 배우다.

그렇다고 해서 그가 영화의 주연은 아니다. 주연은 꽃미남들 차지다. 그는 주로 조연을 맡았다. 하지만 지명도나 연기에 있어서 어지간한 주연급 배우들보다 낫다.

최근에는 자신이 직접 액션영화를 만들어 감독에 데뷔했다.

스턴트맨으로 시작해 뛰어난 조연 배우를 거쳐 감독이

된, 그야말로 영화를 지향하는 모든 사람들의 귀감이 될 만한 이가 바로 그다.

선욱이 그를 향해 머리를 살짝 숙였다.

"실례했습니다. 강선욱입니다."

장훈이 고개를 끄덕이며 손을 내밀었다.

"장훈입니다. 반갑습니다."

두 사람은 악수를 한 후, 나란히 앉았다.

"허허허, 오늘 이 늙은이에게 반가운 손님이 둘이나 왔군. 강 군, 훈이는 내 막내 제자이네."

"아! 그러셨군요. 어쩐지……."

"역시 강 군도 기를 느꼈군."

조종학의 말에 장훈이 흠칫하는 표정을 지었다. 자신이 기를 운용할 수 있다는 사실은 선무도관의 사람들밖에 알지 못한다.

만약 다른 사람이 그 사실을 알아차린다면 그건 그 사람 또한 기를 운용할 수 있어야 가능하다. 그렇다면 강선욱이라는 이 젊은이도 기를 다루는 게 분명하다.

"선욱 씨는 어느 가문의 후손입니까?"

"일산 강씨 가문의 후손이다."

"예?"

"허허허, 놀랄 줄 알았다. 사실 나도 강 군을 처음 보았을 때 그랬으니. 강 군은 비가(秘家)의 후손이 아니다."

"한데 어떻게 기를⋯⋯."

"심산유곡을 돌아다니면서 여러 선인들을 만나 배웠다더구나."

장훈이 믿을 수 없다는 표정을 지었다. 기를 운용하는 방법을 그런 식으로 배운다는 건 상식 밖이었다.

장훈이 의심스럽다는 눈초리로 선욱을 쳐다보았다.

"그렇게 쳐다볼 필요 없다. 알아보니 다른 비가들과는 전혀 연관점이 없었어. 외족(外族)들과도 마찬가지고."

"아, 예⋯⋯."

조종학은 어리둥절해하는 선욱을 향해 고개를 돌렸다.

"여러 가지 복잡한 문제들이 있어서 강 군에 대해 내 은밀히 좀 알아보았었네. 너무 기분 나빠 하지 말게."

"예⋯⋯."

"사실, 비가들 사이에 복잡한 문제가 좀 있네. 우호적인 곳도 있지만 경쟁적이거나 적대적인 가문도 있다네. 그래서 신원을 확실히 알아봐야 할 필요가 있었네. 자네처럼 기를 다룰 줄 아는 사람은 비가의 범주 외에서는 찾아보기 힘들거든?"

선욱이 다소 굳은 표정을 짓는 것을 본 조종학이 다시 설명해 주었다.

그러자 선욱도 어느 정도 마음이 풀렸다.

비가라 불리는 가문들 사이에 어떤 일들이 있는지는 모

르지만, 당사자들로서는 충분히 그럴 수 있겠다는 생각이 들었던 것이다.

"자, 어서 차를 들게."

"예, 감사합니다."

"한데, 무슨 일을 그리 열심히 하나?"

"예?"

"보름 정도 자넬 지켜보았는데, 하루도 쉬지 않고 건설 현장에서 일을 했다기에 묻는 것이네."

선욱은 눈앞의 이 노인이 생각보다 더욱 대단한 사람일지 모른다고 생각했다. 가만히 앉아서 자신의 일거수일투족을 모두 알아내지 않는가.

"신체를 단련하기 위해서였습니다. 그리고…… 돈도 필요했습니다."

"신체 단련이라고? 막노동을 통해 신체를 단련한다는 게 가능한가?"

"충분히 가능합니다."

"허허허, 그거 일석이조일세. 신체 단련도 하고 돈도 벌 수 있으니 말이야."

"덕분에 필요한 만큼 벌 수 있었습니다. 앞으로도 자주 나가 보려고 합니다."

"하긴 요즘 세상 살기가 제법 빡빡하지. 한데, 폭주족은 잡았는가?"

"아직 잡지 못했습니다. 그렇지 않아도 그 일 때문에 오늘 담당 형사를 만났는데……. 수사 의지가 별로 없어 보이더군요."

"쯧쯧쯧, 사건 사고는 많은데 경찰 인력은 모자라니 그럴 수도 있겠지. 하지만 그처럼 큰 사고를 당했는데 나 몰라라 하는 건 경우가 아니지. 어떤가? 내가 힘을 좀 써 볼까?"

"예? 어르신께서요?"

"허허허, 내가 그래도 정, 관계에 인맥이 좀 있다네."

선욱이 단호한 표정으로 고개를 가로저었다.

"아닙니다. 제가 해결하겠습니다. 그런 일로 어르신께 폐를 끼치긴 싫습니다."

"음. 자네 뜻이 그렇다면 할 수 없지."

그때, 장훈이 입을 열었다.

"두 분 말씀 중에 죄송합니다만…… 선욱 씨도 검술을 배웠습니까?"

"그렇습니다."

"어느 류파입니까?"

"특별히 류파라 할 곳은 없습니다. 여기저기서 배운 것을 적당히 묶어서 수련하고 있습니다."

"그렇군요."

조종학이 고개를 살짝 흔들면서 말했다.

"그래도 강 군의 검술을 무시하지 말게. 연홍이 녀석이 기검을 사용하고서야 강 군을 이길 수 있었으니 말일세."

그의 말에 장훈이 깜짝 놀랐다.

"예? 대사형이 선욱 씨와 대련을 했단 말입니까?"

"그래. 검술로는 도저히 이길 수 없으니 억지로 기검을 펼쳤지. 덕분에 강 군은 내상까지 입었다네."

"세상에!"

장훈은 쉽게 믿을 수 없었다. 조종학의 아들이자 자신의 대사형인 조연홍은 30년이 넘도록 검술과 기공을 수련한 사람이다. 그런 그가 검술로는 이기지 못해 기검을 사용했다고 한다. 그렇다면 강선욱이라는 이 청년의 검술은 자신보다 오히려 위라는 뜻이다.

"허허허, 연홍이 말을 들어 보니 기술적으로는 거의 완벽하다고 하더구나. 오죽하면 기검을 다 사용했겠냐고 통사정을 하더라."

"놀랍군요."

선욱은 자신을 쳐다보는 장훈의 시선이 부담스러웠다.

"아닙니다. 운이 좋았을 따름입니다."

"운만 가지고는 대사형의 검을 절대 막을 수 없지요. 선욱 씨의 실력이 정말 대단한 모양입니다. 한데, 그런 검술을 지니고 있으면서 건설 현장에서 막일을 해서 돈을 번다니, 좀 안타까운 마음이 드는군요."

"수련의 방편도 되니 저는 괜찮습니다."

"음. 혹시 체술도 배웠습니까?"

체술.

쉽게 설명하면 종합 격투기다. 무기 없이 손발만 사용하는 무술이라는 말이다.

모든 무기를 자유자재로 다루는 지욘프리드가 체술을 배우지 않았을 리가 없다.

선욱이 고개를 끄덕였다.

"예. 검술을 배우기 전에 체술부터 시작했습니다."

"잘됐군요. 그럼 영화계에서 일을 해 보는 게 어떻습니까?"

"예? 영화계요?"

"그렇습니다. 사실 저도 스턴트맨부터 시작해서 조연 배우가 되었습니다. 대사형과 대등하게 싸울 정도의 실력이라면 선욱 씨도 충분히 영화계에서 성공할 수 있습니다."

"저는 연기는 배운 적도 없고 생각한 적도 없어서 뭐라 말씀드리기가……."

"연기를 하라는 게 아닙니다. 이를테면 스턴트맨이죠. 위험한 장면이나 전문적인 무술이 필요한 장면에 잠깐 나와서 주인공 대신 연기를 하면 되는 겁니다."

"글쎄요……."

"사실 이번에 제가 영화 한 편을 준비하고 있는데, 워낙 위험한 액션 장면이 많아 고민하고 있었습니다. 그런데 선욱 씨라면 충분히 해낼 수 있을 겁니다. 게다가 이번에 컨택한 남주와 체격 조건이나 키도 비슷하니까요."

"제가 잘 할 수 있을지 모르겠습니다."

"선욱 씨도 기공을 배우지 않았습니까? 평범한 사람이라면 제가 이런 이야기를 꺼내지도 않았을 겁니다."

"음……."

"보수도 적지 않습니다. 아마 건설 현장에서 막노동을 하는 것보다는 훨씬 많이 받으실 겁니다."

사실 선욱에게 돈이 중요하지는 않았다. 필요한 돈은 막노동을 통해 얼마든지 벌 수 있으니 말이다. 하지만 영화 촬영에 참가할 수 있다니 호기심이 일어나기는 했다.

'영화라……. 후후후, 재미있기는 하겠는데…….'

문득 선욱의 머리에 막내 동생이 떠올랐다.

'가만! 선영이의 꿈이 노래와 연기잖아. 영화계의 사람들과 인맥을 만들어 놓으면 선영이에게 도움이 되지 않을까?'

선영이에게까지 생각이 미치자 선욱은 꼭 해야겠다는 생각이 들었다.

"알겠습니다. 그럼 한 번 해 보겠습니다."

"하하하, 잘 생각하셨습니다. 그럼 여기……."

그거 명함 한 장을 내밀었다.

훈 미디어
대표이사 장훈

"이번 주 안으로 찾아오십시오. 기다리겠습니다."

"알겠습니다. 꼭 찾아뵙죠."

조종학이 두 사람의 모습을 보고 흐뭇한 표정을 지었다.

"잘됐군. 두 사람이 힘을 합쳐서 영화 잘 만들어 보도록
해."

"제가 잘 해낼 수 있을지 걱정입니다, 어르신."

"걱정 말게. 잘 할 수 있을 게야. 허허허."

"그런데, 저……."

"왜? 무슨 일인가?"

"부탁드리고 싶은 게 있습니다."

"검을 보고 싶은가?"

선욱이 흠칫하는 표정을 지었다.

조종학이 묘한 미소를 지으며 선욱을 쳐다보았다.

"허허허, 그럴 줄 알았네. 검이 요물이라는 말이 괜히
나왔겠는가. 어서 가세."

장훈이 놀라는 표정으로 말했다.

"스승님, 지하의 보관실에 가시려는 겁니까?"

"그래."

장훈은 믿을 수 없다는 표정으로 선욱을 쳐다보았다.

스승이 그를 아끼고 좋아한다는 사실은 알았지만 지하에 보관 중인 검을 보여 줄 줄은 몰랐다. 그곳은 외인에게는 절대로 공개하지 않는 가문의 비밀 장소였기 때문이다.

"너도 함께 가자. 오랜만에 검 구경이나 하거라."

"예, 스승님."

두 사람은 조종학을 따라 지하로 내려갔다.

지하실의 문이 열리고 불이 켜지자, 선욱은 숨을 들이켰다.

철 특유의 냄새가 은은하게 풍겨 왔다.

언제 맡아도 즐겁고 마음이 편안해지는 내음이다.

선욱은 검을 둘러보며 천천히 주변을 걸었다.

장훈도 검을 배운 사람이다. 검을 좋아하지 않을 리가 없다. 그래서인지 다소 흥분한 표정으로 검들을 살피거나 만져 보며 좋아했다.

선욱이 벽으로 가더니 멈추었다.

몇 개의 뛰어난 검들이 벽에 걸려 있었지만, 선욱의 눈은 그 검들을 보고 있지 않았다.

선욱은 오히려 눈을 감고 있었다.

그의 온 마음은 벽장 뒤에 있는 특별한 존재에 가 있었다.

우우우웅!

마음을 뒤흔드는 은은한 기운이 느껴진다.

선욱의 마음에 어려운 욕구가 일어났다.

보고 싶다.

만지고 싶다.

그리고 휘둘러 보고 싶다.

그러자 검이 속삭인다.

나를 보아라.

나를 만져라.

그리고 마음껏 휘둘러 피를 뿌려라.

선욱의 마나홀이 요동치더니 기운이 일어났다.

"강 군!"

묵직한 조종학의 목소리가 선욱의 마음을 일깨웠다.

"음!"

선욱이 나지막한 신음성을 흘리며 정신을 차렸다.

선욱은 자신이 검의 마력에 잠시 빠져 있었다는 사실을 알고 놀라움을 금치 못했다.

'내 정신을 흔들 정도라니…… 정말 놀랍군.'

조종학이 선욱에게 다가와 어깨를 두드렸다.

"그만 나가는 게 좋을 것 같군."

"알겠습니다."

선욱은 무슨 영문인지 몰라 어리둥절해하는 장훈과 함께 지하실을 나왔다.

"앞으로 지하실에는 더 이상 내려가지 않는 게 좋을 것 같군."

"예? 어르신! 그건……."

"내 말대로 하게. 그게 자네를 위해서 좋을 것이네."

"음!"

선욱은 어쩔 수 없다는 듯 고개를 끄덕였다.

"알겠습니다. 하지만 언젠가는 꼭……."

"허허허, 그때를 기다리지."

"그럼 저는 이만 가 보겠습니다."

"그래. 조심해서 가세."

선욱이 장훈에게도 머리를 살짝 숙였다.

"오늘 만나 뵈어 반가웠습니다."

"저도 그렇습니다. 조만간 다시 보도록 하죠."

"예. 그럼!"

선욱은 카운터에 앉아 있는 조현경에게도 인사를 건넨 후, 그곳을 나왔다.

선욱이 나가고 나자 조현경이 의아한 표정을 지었다.

"막내 삼촌, 선욱 씨와 조만간 만난다구요?"

"그래."

"무슨 일 있으셨어요? 왜 만나요?"

"실은 이번 영화 같이하기로 했다."

"예? 영화를 같이해요?"

"그래. 마침 위험한 대역 연기에 필요한 스턴트맨이 필요했는데 선욱 씨가 딱이겠더군."

"우와! 선욱 씨는 좋겠다!"

그녀가 조종학에게 시선을 돌렸다. 그리고는 애교가 철철 넘치는 표정과 목소리로 말했다.

"할아버지잉!"

"이 녀석! 또 왜?"

"저도 하게 해 주세요옹!"

"뭘 하게 해 줘?"

"막내 삼촌 하시는 거요."

"떽! 안 된다고 내가 몇 번이나 말했느냐?"

"힝! 선욱 씨는 되고 저는 왜 안 돼요? 얼굴 되지. 몸매 되지. 그리고 연기도 조금만 배우면 잘 할 자신 있고. 무술도 받쳐 주는데 왜 안 돼요?"

"가문의 법도를 잊었느냐? 우린 비가를 감시하고 분쟁을 조정해야 할 수호가문이다. 절대로 세상일에 나설 수 없어."

"하지만 삼촌은 영화감독까지 하잖아요!"

"훈이는 내 제자일 뿐 가문의 일원은 아니지 않느냐?"

"히잉! 엉엉엉! 할아버지잉!"

"울어도 소용없다. 조신하게 지내다가 시집이나 잘 가거라."

"저 시집 안 가요!"

"그럼 혼자 살든지."

이 말을 끝으로 조종학은 곧바로 위층으로 올라가 버렸다.

조현경이 황당하다는 표정으로 장훈을 쳐다보았다.

"친할아버지 맞아?"

장훈이 씩 웃더니 어깨를 으쓱했다. 그러고는 스승을 따라 위층으로 올라갔다.

"쳇! 이것도 안 돼. 저것도 안 돼. 도대체 하지 말라는 게 왜 이렇게 많은 거야? 내가 미쳐! 확 가출을 해 버릴까 보다!"

조현경이 씩씩거리면서 다시 카운터에 앉았다.

✤　　✤　　✤

다음 날 아침.

선욱은 건설 현장의 장선일 부장에게 전화를 걸었다.

"여보세요. 장 부장님."

— 아, 강 군! 오늘 왜 일 안 나오나?

"죄송합니다. 앞으로 나가기 어려울 것 같습니다."

— 아니, 왜?

"다른 일이 생겼습니다."

— 뭐라고? 그쪽에서 얼마를 주겠다던가?

"그게 아니라……. 다른 쪽의 일을 하려고 합니다."

— 그래? 쩝! 아쉽군. 강 군처럼 일 잘하는 사람 구하기 어려운데. 내가 일당 이만 원 더 쳐줄 테니 다시 생각해 볼 의향은 없나?

"죄송합니다."

— 그래? 어쩔 수 없지. 하지만 상황이 되면 언제라도 좋으니까 내게 전화해. 일은 얼마든지 있으니.

"그렇게 하겠습니다. 그동안 감사했습니다."

선욱이 전화를 끊은 후, 다른 곳에 다시 걸었다.

밝고 경쾌한 음악 소리가 잠시 들리더니 사내의 목소리가 들렸다.

— 예, 훈 미디어의 장훈입니다.

"안녕하십니까? 저 강선욱입니다."

— 아! 선욱 씨. 이렇게 빨리 전화를 줄 줄은 몰랐군요.

"아무래도 빨리 결정하는 게 좋을 것 같아서요."

— 그럼 오늘 찾아오시겠습니까?

"예. 그러고 싶습니다."

— 잘됐군요. 그렇지 않아도 남자 주인공이 정해져서 오늘 미팅이 있을 예정입니다. 모두 함께 보면 되겠네요.

"그럼 몇 시까지 어디로 갈까요?"

— 오후 세 시까지 사무실로 오십시오.

"알겠습니다. 그때 뵙죠."

— 기다리겠습니다.

전화를 끊고 나자 선욱은 가슴이 뛰는 것을 느꼈다.

"후후후, 막상 새로운 사람을 만나 일을 하려고 하니 가슴이 다 뛰는군."

선욱이 헛웃음을 짓더니 눈을 감고 마나 수련을 시작했다.

마침내 약속 시간이 가까워졌다.

"어머니, 저 잠시 다녀오겠습니다."

"그래라."

"저녁은 먹고 올 것 같으니까 그냥 드세요."

"먹고 온다고? 누구랑?"

"그냥……."

"혹시 장래 머느리?"

"어머니도 참!"

"넌 어떻게 여자 친구 한 명 없냐? 그래 가지고 장가나 가겠어?"

"걱정 마세요. 전 장가 안 갑니다."

"뭐? 얘가 큰일 날 소릴 하네?"

"그냥 어머니와 살죠."

"아서라. 다 큰 아들 수발들 일 있냐? 빨리 여자 친구 사귀어서 장가나 가거라."

"저 이제 스물둘입니다. 내년에 복학도 해야 합니다."

"말이 그렇다는 거지……. 어쨌든 잘 놀다 와."

"예."

선욱은 실소를 흘리며 집을 나섰다.

지하철을 타고 충무로에 도착한 선욱은 훈 미디어를 찾았다. 다행히 명함에 약도가 그려져 있어 어렵지 않게 훈 미디어 건물을 찾을 수 있었다.

다소 오래된 듯한 건물이지만 리모델링을 해서인지 깔끔해 보였다. 입구에 들어서자 경비가 그를 막았다.

"어떻게 오셨습니까?"

"훈 미디어를 찾아왔습니다."

"선약이 되어 있으십니까?"

"예. 장훈 대표님과 약속이 되어 있습니다."

"아! 그렇습니까? 잠시만요."

경비가 전화를 걸어 확인을 하더니 다시 선욱에게 다가왔다.

"죄송합니다. 워낙 배우가 되고 싶다고 찾아오는 사람들이 많아서……. 어서 올라가십시오. 엘리베이터는 저쪽입니다. 그리고 사장님은 칠 층에 계십니다."

"예, 고맙습니다."

선욱은 엘리베이터를 타고 7층으로 올라갔다.

띵동!

엘리베이터 문이 열렸고, 잘 꾸며진 사무실 풍경이 눈에 들어왔다.

하지만 칸막이나 벽은 없었고, 비서로 보이는 예쁜 아가씨가 선욱을 맞았다.

"어서 오세요. 강선욱 씨죠?"

"예, 그렇습니다."

"사장님께서 기다리고 계십니다. 들어가십시오."

선욱은 비서 아가씨가 안내해 주는 방으로 들어갔다.

커다란 회의용 테이블이 방 중앙에 놓여 있었고, 주변 벽에는 온갖 영화들의 포스터가 붙어 있었다.

그리고 테이블 주위에는 대여섯 명의 사람들이 모여 있었다.

가장 상석에는 눈에 익은 사람이 앉아 있었는데, 그가 바로 훈 미디어의 대표이사 장훈이었다.

장훈이 반가운 표정으로 선욱에게 다가왔다.

"어서 오세요."

"안녕하셨습니까?"

"자, 이쪽으로 앉으세요."

악수를 나눈 후, 선욱은 테이블 가장 뒤쪽에 앉았다.

장훈이 자신의 자리로 돌아가더니 선욱을 소개했다.

"방금 들어온 분은 이번 영화에서 남주(남자 주인공) 대역을 할 스턴트맨 강선욱 씨라고 합니다. 모두 박수로 환영

해 주시기 바랍니다."

장훈의 말에 모두들 놀랍다는 표정으로 선욱을 쳐다보았다.

선욱이 자리에서 일어나 그들에게 살짝 머리를 숙였다.

"잘 부탁드립니다. 강선욱입니다."

모두들 고개를 끄덕이더니 장훈 바로 왼쪽에 앉아 있는 삼십 대 중반의 사내를 쳐다보았다.

호리호리한 체격에 운동 꽤나 한, 날렵한 몸을 하고 있었다.

그는 이해할 수 없다는 표정으로 선욱과 장훈을 번갈아 가며 쳐다보더니 입을 열었다.

"사장님, 남주 대역이라니, 그게 무슨 말씀입니까?"

장훈이 가벼운 신음성을 삼키더니 말했다.

"박 실장에게 미리 이야기하지 못해 미안하군. 선욱 씨가 이번 영화에서 남주 대역을 할 거야."

"하지만 사장님! 그 역할은……."

"알고 있어. 섭섭한 마음이 들겠지. 하지만 이해해. 박 실장이 소화하기에는 너무 위험해."

"이해할 수 없습니다. 스턴트라면 이 바닥에서 제가 최고 아닙니까? 물론, 사장님을 제외하고 말입니다."

"그건 나도 알아. 하지만 이번만큼은 내 뜻을 따라 다오. 박 실장이 해야 할 일도 많아. 워낙 액션신이 많으니까."

"하지만 사장님! 지금까지는 제가 항상 남주의······."

장훈이 안색을 살짝 굳혔다.

"종철아, 형이 고심 끝에 내린 결정이다. 이해해라."

박종철은 더 이상 말을 하지 못했다.

그는 장훈과 형, 동생처럼 친한 사이였고, 누구보다 장훈을 잘 알았다. 그리고 그가 자신에게 이런 식으로 말을 할 때에는 결심이 확고하다는 사실을 잘 알고 있었다.

그때, 문이 열리더니 깔끔한 정장을 입은 젊고 예쁜 여성 한 명이 노트북을 들고 들어왔다.

"안녕하세요, 사장님."

"오! 어서 오세요, 신 차장."

"제가 늦지 않았죠?"

"하하하, 신 차장이 그럴 리가 있습니까? 딱 정십니다."

"프레젠테이션 준비할게요."

그녀는 테이블 위에 있는 작은 프로젝터에 노트북을 연결하느라 부산을 떨었다.

그때, 선욱이 '어!' 하는 표정을 지었다.

자신이 아는 사람이었기 때문이다.

그녀도 마침 선욱을 발견했는지 놀란 표정을 지었다.

"강선욱 씨가 여긴 웬일이에요?"

"안녕하십니까? 오랜만에 뵙네요."

장훈이 어리둥절한 표정을 지었다.

"두 사람, 아는 사인가요?"

"네. 실은 동네 약수터에서 만난 적이 있어요. 조카 친구의 형이에요."

"호오! 이거 벌써부터 뭔가 손발이 맞는 느낌이 팍팍 옵니다. 선욱 씨는 이번 M프로젝트에서 남주 대역을 맡을 겁니다."

"대역이라면…… 스턴트맨이란 말인가요?"

"그렇습니다."

신수지가 혀를 내두르더니 선욱에게 말했다.

"집안사람들이 모두 운동을 잘하나 보네요? 동생도 운동 꽤나 한 것 같던데."

선욱이 가볍게 웃으며 대답했다.

"집안 내력입니다."

"호호호, 그런데 요즘은 약수터에 안 오시나……."

그때 장훈의 목소리가 들렸다.

"신 차장."

"예? 대표님."

"프레젠테이션 안 하나요?"

"이런! 내 정신 좀 봐. 잠시만요."

그녀는 급히 선을 연결하고 노트북을 부팅시켰다.

직원 한 명이 불을 껐고, 마침내 프레젠테이션 준비가 완료되었다.

장훈이 모두에게 말했다.

"이번 프로젝트 마케팅은 JK 기획에서 담당하기로 한 거 모두 아시죠? 오늘 신 차장이 M프로젝트의 광고 컨셉에 관해 말할 테니 잘 듣고 좋은 의견 있으면 말씀들 하세요. 신 차장, 시작하세요."

"네, 사장님."

그녀가 프로젝터를 작동시키자 전면에 있는 커다란 스크린에 화면이 나타났다.

프로젝트 M

감독 : 장훈

기획 : 장훈

시놉시스(개요) : 일제강점기하에서 명성황후를 비밀리에 호위하던 검객의 일대기

마케팅 컨셉 : 영화 홍보의 주안점이 되는 부분은……

화면에 나타난 글을 읽은 선욱은 '아!' 하는 표정을 지었다. 선무도관의 지하실에서 보았던 검 한 자루가 떠올랐던 것이다.

가장 깊은 슬픔을 간직하고 있던 검.

존재 자체가 고통이어서 용광로에 녹여 버리라고 선욱이 말했던 바로 그 검.

프로젝트 M은 바로 그 검의 주인에 대한 이야기가 분명하다. 아마도 선무도관의 조종학이 제자에게 검에 얽힌 이야기를 해 주었을 것이고, 장훈은 그 이야기를 듣고 영화를 기획한 게 분명하다.

신수지는 맑은 목소리와 정확한 발음으로 영화의 마케팅 방향에 대해 설명했고, 회의실에 있는 사람들의 공감을 이끌어 냈다.

선욱은 그런 신수지의 프레젠테이션 능력에 감탄을 금치 못했다. 자신이 품고 있는 생각을 이처럼 깔끔하게 상대의 뇌리에 정확히 박히도록 전달하는 건 결코 쉬운 일이 아닐 것이다.

한참 그녀의 설명을 들으며 스크린을 보고 있던 선욱은 어디선가 자신을 노려보는 따가운 시선을 느꼈다.

바로 박종철 실장이었다.

그는 이빨을 바득바득 가는 표정으로 선욱을 노려보았는데, 그의 시선에 강한 질시의 감정이 실려 있는 것을 느낄 수 있었다.

'어딜 가든 저런 자들이 꼭 있군. 하긴 그럴 만도 하지. 굴러온 돌이 박힌 돌 빼낸 상황이니.'

선욱은 더 이상 그에게 신경을 쓰지 않고 다시 스크린으로 시선을 돌렸다.

마침내 신수지의 프레젠테이션이 끝났다.

모두들 박수를 쳤고, 신수지는 여유로운 표정으로 웃으면서 인사를 했다.

"네, 감사합니다. 고마워요."

"신 차장의 프레젠테이션 실력은 나날이 발전하는 것 같군요. 아주 잘 들었습니다."

"감사합니다, 사장님."

신수지가 노트북과 프로젝터를 끄고 불을 켰다. 그러고는 자리에 앉았다.

장훈이 모두를 둘러본 후, 말했다.

"크랭크 인은 다음 달 첫째 날부터 시작됩니다. 카메라 감독은 준비에 만전을 기해 주세요. 그리고 남주를 맡을 정유성 씨와 가장 중요한 우리 여주 김연희 씨가 잠시 후에 도착할 겁니다. 모두들 따뜻하게 맞아 주십시오. 특히 정유성 씨는 최근에 컨택되었으니 프로젝트는 물론 여러분들과도 낯설 겁니다. 불편해하지 않도록 잘 배려해 주십시오."

자리에 앉아 있는 사람들이 일제히 '알겠습니다!' 라고 소리쳤다.

영화에 대해 이런저런 이야기들이 오갔다.

선욱은 조용히 앉아 그들이 하는 이야기를 들었는데, 말로만 듣던 영화 제작에 직접 참여한다고 생각하자 묘한 기분이 들었다.

그렇게 얼마의 시간이 흐른 후, 마침내 두 명의 배우들이 동시에 들어왔다.

인기 절정을 달리고 있는 남우 정유성과 여우 김연희였다.

선욱은 일순 사무실 안이 훤해지는 느낌을 받았다.

화면으로 보는 것보다 실물이 훨씬 잘생기고, 또 예뻤기 때문이다.

특히 김연희의 용모는 천사가 따로 없었다.

아직 검은 머리와 검은 눈동자를 지닌 동양인의 외모에 완전히 익숙해지지 않은 선욱이었지만, 자신이 보기에도 감탄할 정도로 예뻤다.

하지만 그렇다고 해서 마음이 크게 동하거나 하지는 않았다. 전생의 지욘프리드에게는 제국에서 최고로 친다는 미녀들이 줄을 이었었다. 그들 중에는 경국지색이라 불리는 미녀들도 있었다.

게다가 자신과 결혼했던 황제의 딸은 대륙 최고의 미녀라고 알려진 여자였다. 대륙에서 날고 긴다는 귀족이나 검의 마스터들이 그녀의 얼굴을 한 번 보기 위해 황궁 앞에 진을 치고 기다렸을 정도다.

그런 여자와 수십 년을 살았던 지욘프리드였으니 김연희가 아무리 아름답다 해도 동요할 이유가 전혀 없는 것이다.

서로 머리를 살짝 숙이며 인사를 나누었고, 그 과정에서 장훈은 특별히 선욱을 남주인 정유성에게 소개시켰다.

"영화에서 정유성 씨의 대역을 맡게 될 강선욱 씨입니다. 인사들 나누십시오."

정유성이 먼저 손을 내밀며 악수를 청했다.

"반갑습니다. 정유성입니다."

"강선욱입니다. 잘 부탁드립니다."

"저야말로 잘 부탁드립니다. 한데…… 감독님."

"예, 우성 씨."

"보내 주신 대본을 몇 번이나 읽어 보고 검토를 해 봤습니다. 그런데……."

"혹시 미비한 점이라도……."

"아닙니다. 시나리오는 아주 훌륭합니다. 그리고 상당히 그럴듯하고 말입니다. 정말 있었던 일이 아닐까 생각했을 정도니까요. 하지만 액션의 난이도가 너무 높은 것 같은데, 과연 그걸 제대로 소화할 수 있을지 걱정됩니다. 설마 CG로 액션 장면을 처리하실 생각입니까?"

"CG는 거리 풍경이나 왕궁 배경에만 들어갈 겁니다. 액션 장면은 모두 사람이 직접 실연할 겁니다."

"그렇다면 와이어를 사용하겠군요."

"와이어 액션도 최대한 자제할 생각입니다. 현실감을 살리기 위해서 거의 대부분의 장면을 직접 실연할 겁니다."

"예? 그건 너무 위험하지 않을까요? 더구나 주인공은 조선 최고의 검객이고 검신이라 불린 인물입니다. 그런 사람이라면 지붕 정도는 휙휙 날아서 다닐 텐데……."

"거기에 대해서는 조금도 걱정하실 필요가 없습니다. 강선욱 씨는 한참 때의 저와 비교해도 부족하지 않은 실력을 지니고 있습니다."

"정말입니까?"

정유성이 믿기 어렵다는 표정을 지었다.

장훈은 아직까지도 역대 최고의 스턴트맨으로 인정받고 있다. 그가 연기했던 위험하고 묘기에 가까운 스턴트들을 보면 과연 저 장면이 CG로 만들어진 게 아니라 정말 사람이 직접 연기했을까, 하고 사람들 사이에 논란이 있었을 정도다.

오죽하면 중국의 유명한 배우 성웅이나 헐리우드에서 몇몇 유명한 감독들이 함께 영화를 만들자고 스카우트 제의를 해 왔을까.

그런데 그런 장훈이 자신과 비슷한 실력자가 또 있다고 한다. 그것도 20대 초반의 애송이에 불과해 보이는 사람이 그런 실력자라고 하니 정유성으로서는 쉽게 믿기가 어려웠던 것이다.

"제가 확실히 보증합니다. 강선욱 씨는 오히려 저보다 나으면 나았지 못하지 않을 겁니다."

"음. 감독님께서 그렇게 말씀하시니 믿긴 하겠지만, 안전에 만전을 기해 주시기 바랍니다."

"물론입니다."

"그리고 강선욱 씨가 며칠간이라도 저와 함께 지냈으면
합니다. 대역이기는 하지만 액션신이 워낙 많으니 선욱 씨
가 직접 연기해야 하는 부분이 적지 않습니다. 함께 지내면
서 저에 대해 조금이라도 더 알게 된다면 연기에 도움이 되
지 않겠습니까?"

정유성의 말에 장훈이 감탄을 하며 고개를 끄덕였다.

자신이 맡은 역할에 항상 최선을 다하고 완벽을 기한다
는 배우 정유성에 대한 소문이 거짓이 아님을 확인할 수 있
었기 때문이다.

"옳은 말씀입니다. 정유성 씨의 말대로 한다면 영화의
완성도가 한층 높아지리라 생각합니다. 선욱 씨, 괜찮으시
겠죠?"

선욱은 한국 최고의 배우와 함께 지낸다는 사실이 어리
둥절하기는 했지만 보다 나은 영화를 찍기 위해서라고 하니
거절할 이유가 없었다.

"물론 전 괜찮습니다. 앞으로 정유성 옆에 꼭 붙어 다니
면서 일거수일투족을 모두 파악해 제 것으로 만들겠습니
다."

정유성이 웃으면서 말했다.

"잘 때만큼은 떨어져 있어 주십시오. 하하하."

"바닥에 담요 깔고 자겠습니다."

"네? 하하하…… . 농담도…… ."

정유성이 뭐라 말을 하려다가 입을 다물었다.

선욱의 얼굴에 나타난 표정은 진실을 말하고 있었기 때문이다.

"정말이군요. 좋습니다. 진짜 프로라면 그 정도는 되어야죠. 앞으로 우리 잘 해 봅시다."

정유성이 다시 손을 내밀었다.

선욱이 그의 손을 잡자 정유성의 손에 힘이 들어갔다.

"크으!"

소주 맛이 유달리 쓰다.

박종철은 소주 한 잔을 들이킨 후, 잔이 부서져라 탁자에 놓았다.

마음 같아서는 잔째 씹어 먹고 싶을 정도다.

"어디서 개 똥파리 같은 새끼가 들어와서…… ."

훈 미디어의 무술 조감독이자 장훈 사장의 오른팔.

영화계에서는 장훈 이후 최고의 스턴트맨으로 인정받는 사람.

이게 바로 박종철의 현주소다. 하지만 오늘 겪은 일은 그의 이런 금자탑들을 한순간에 무너뜨리고도 남았다.

한국 영화사상 손꼽히는 제작비가 투입되는 대작 M프로젝트를 통해 한 단계 더 도약하고, 나아가 헐리우드 진출을 노리고 있던 박종철이다.

그런데 그런 그의 꿈이 모조리 물거품이 되기에 이르렀다.

다시 소주잔을 들이킨 박종철이 주먹을 꽉 거머쥐었다.

'이대로 당할 수는 없다. 그 자리 꼭 내가 차지하고 만다. 두고 봐라! 빠드득!'

그가 내심 이를 갈았다.

9장

그림자가 되다

선욱은 거머리가 되었다.

말 그대로 인간 거머리다.

그는 화장실 가는 시간과 샤워할 때를 제외하고는 항상 정유성의 근처에서 머물며 그의 일거수일투족을 살폈다.

정유성의 기획사 직원들과 개인 경호원들은 그런 선욱을 그다지 탐탁지 않게 생각했지만, 그들의 그런 시선에 신경 쓸 선욱이 아니다.

그런데 정유성의 스케줄이 장난이 아니다.

과연 사람이 해낼 수 있을까 싶을 정도의 살인 스케줄을 정유성은 모두 소화해 내고 다녔다.

어제는 지방에 있는 한 도시의 문화축전에 참석했고, 오늘은 제주도에 날아가 시장이 주최하는 행사에 얼굴을 비쳤다가, 다시 서울로 돌아와 문화부 장관이 여는 파티에 참석해야 했다.

선욱은 그런 정유성을 거머리처럼 따라다니며 그의 말투나 행동, 그리고 사소한 버릇들까지 모두 파악했다.

원래 검술을 익힌 사람들이 가장 중시하는 게 바로 눈이다. 정확히 말하면 눈썰미다. 언제, 어디를 가든 주변 상황을 정확히 파악하고 있어야 돌발 상황에 대처할 수 있다.

전생의 지욘프리드에게는 많은 적이 있었고, 그 적들은 항상 그의 목숨을 노렸다. 덕분에 지욘프리드도 위험에 빠진 적이 한두 번이 아니다.

하지만 그 모든 위기를 헤쳐 나와 위대한 그랜드 마스터가 될 수 있었던 것도 그의 뛰어난 관찰력이 큰 몫을 했다.

선욱은 지욘프리드의 화신이고, 당연히 눈썰미가 뛰어났다. 그런 선욱이 마음먹고 정유성을 관찰하게 되었으니 정유성은 자신의 모든 것을 선욱에게 다 내보일 수밖에 없었다. 그중에는 너무 사소해서 정유성 스스로도 알지 못했던 버릇까지 선욱은 파악할 수 있었다.

그렇게 며칠이 지난 후, 한 번은 선욱이 정유성 앞에서 그가 된 것처럼 연기를 해 보이자 정유성이 깜짝 놀랐다.

정유성은 선욱이 아니라 마치 거울을 보는 느낌이 들었던 것이다. 그건 단순히 사람을 흉내 내는 차원을 넘어서 있었다.

사실 사람이 다른 이의 흉내를 내는 건 그렇게 어렵지 않다. 그 사람의 특징 몇 가지를 잡아내고 말투만 비슷하게 하면 누구라도 흉내 낼 수 있다. 하지만 정말 거울을 보는 것처럼 정확하게 묘사해 내는 건 무척 어렵다. 아니, 불가능에 가깝다고 보는 게 옳다.

그런데 놀랍게도 선욱은 거의 완벽하게 정유성의 모습을 흉내 냈다. 정유성 자신이 보기에도 믿기 어려울 정도로 말이다.

만약 선욱이 정유성과 비슷한 모습으로 성형을 하고 머리 스타일만 똑같이 바꾼다면, 당장 어디 가서 '내가 정유성이오.' 라고 외치고 다녀도 아무도 눈치채지 못할 것이다.

부우웅!

승용차 한 대가 한남동에 있는 고급 아파트 앞에 멈췄다.

승용차 문이 열리더니 정유성과 선욱이 함께 내려 아파트로 들어갔다.

아파트 최고층에 위치한 팬트 하우스. 최신 시설로 인테리어가 되어 있고, 넓이만 해도 100평에 이른다.

말이 집이지 운동장이나 마찬가지다.

정유성은 이 아파트에서 혼자 살았다.

손만 뻗으면 모든 걸 알아서 해 주는 최첨단 시설이 설치

된 아파트였지만, 혼자 살기에는 너무 넓은 집이다.

그동안 선욱은 정유성과 함께 이 아파트에서 지냈고, 어느덧 보름이라는 시간이 흘렀다.

사람이라는 게 자주 보면 정이 들고 친해지는 법이다. 하물며 그림자처럼 붙어 다녔다면 지극히 개인적인 부분까지도 터고 지내게 된다.

하지만 선욱은 달랐다.

그는 항상 거리를 유지했다.

몸은 붙어 있었지만, 선욱은 언제나 관찰자였다. 그리고 단 한 번도 흐트러진 모습을 보인 적이 없었다. 정나미가 없다고 할 수 있지만, 프로라는 세계에서 본다면 직업 정신이 투철하다고 볼 수 있다.

샤워를 마치고 나온 정유성이 TV를 켜더니 소파에 앉았다.

선욱도 샤워를 하고 간편한 옷으로 갈아입고 나와 그의 맞은편에 앉았다.

정유성이 잠시 뉴스를 보더니 선욱에게 말했다.

"벌써 보름이 흘렀군요."

"그렇습니다."

"힘들지 않습니까?"

"저보다는 유성 씨가 더 힘들겠지요."

"하하하, 아직도 유성 씨라 부르시는군요."

"예? 그럼……."

"아닙니다. 다른 사람 같으면 형, 동생하고 지냈을 텐데, 선욱 씨는 항상 거리를 유지하는 것 같아서 말입니다."

"……."

"오늘은 저와 술이나 한 잔 할까요?"

"그렇게 하죠."

정유성이 간단한 안줏거리를 냉장고에서 내어 왔고, 진열장에서 고급 양주 한 병을 꺼냈다.

"자, 한 잔 받으십시오."

"감사합니다."

가볍게 건배를 한 후, 잔을 기울였다.

무척 독한 양주였다. 조금 마셨을 뿐인데 짙은 주향이 입 안을 가득 메우더니 온몸으로 퍼져 나가는 느낌이다.

선욱이 미소를 지으며 그 맛을 음미했다.

'이건 상당히 좋은 술이군. 적어도 향과 맛에 있어서는 엘프의 마을에서 마셨던 것과 비슷할 정도야.'

엘프들이 담근 술은 무척 유명하다. 술 한 병이 같은 무게의 금과 비슷할 정도다. 단순히 술맛이 좋기 때문이 아니라 숲의 온갖 귀한 약재가 다 들어가 있기 때문이다. 평범한 사람이 한 잔이라도 마시면 3년간 감기 한 번 걸리지 않고, 마나를 배운 사람이 마시면 몇 달간 꼬박 수련해야 얻을 수 있는 마나를 얻을 수 있다.

"어떻습니까?"

"아주 좋은 술이군요."

"이게 어떤 술인지 아십니까?"

선욱이 양주병을 살폈다.

그의 눈이 커졌다.

LOUIS XIII

Remy Martin

크리스털로 만든 우아한 병에 금장으로 된 뚜껑.

한때 뉴스를 떠들썩하게 했던 그 유명한 술, 루이13이다.

한 병에 천만 단위를 호가한다는 이 술은, 프랑스의 레미마틴 가문에서 루이13세를 기리기 위해 만들었다고 하는데 병 하나하나도 장인이 수공으로 만든다고 한다.

보통 사람들은 맛을 보아도 진짜 깊은 술맛을 제대로 알지 못한다고 알려져 있지만, 선욱은 전문가나 다름없을 정도다.

"아주 비싼 술이군요. 어쩐지 깊은 맛이 느껴진다 했습니다."

"호오! 술맛을 제대로 아시네요, 선욱 씨는."

"한데, 이렇게 비싼 술을 제가 마셔도 될지 모르겠습니다."

"어차피 마시라고 있는 술입니다. 아무 걱정 마시고 편히 드십시오."

"그럼 잘 마시겠습니다."

"자, 그럼 건배 한 번 할까요?"

두 사람은 잔을 부딪친 후 술을 마셨다.

한 잔, 두 잔이 오갔고, 시간이 지나자 어느 정도 취기가 올랐다.

선욱은 술이 강했다. 일반인의 범주에서 보자면 이해가 가지 않을 정도다. 그건 그가 마나를 다룰 수 있기 때문이다.

마나를 움직이면 술기운을 어느 정도 통제하거나 내보낼 수 있고, 따라서 보통 사람들은 상상할 수 없을 정도로 많은 양의 술을 마실 수 있다.

하지만 정유성은 그렇지 않다.

그도 보통 사람들 중에서는 제법 술이 센 편에 속했지만, 루이13 같은 양주를 반 병 정도 마시자 얼큰하게 취기가 도는 걸 막을 수는 없었다.

선욱은 두 눈에서 이채를 띠며 정유성을 쳐다보았다.

자신이 아는 정유성은 반듯한 사람이다. 항상 예의 바르고 친절하며 훈훈한 미소를 입에 달고 다닌다. 그런 그를 영화계에서 엄친아, 차도남의 대명사라 부른다.

그게 의도된 것인지 아니면 원래 천성이 그런지 알 수는 없지만 적어도 선욱이 본 정유성은 그런 사람이었다.

그리고 그는 술을 많이 마시지 않았다. 파티에 가더라도 목만 조금 축일 정도가 전부였고, 집에 돌아와서는 대본 연습을 한 후 잠을 자기에 바빴다.

그런데 오늘의 그는 좀 다르다.

작정을 하고 마시는 것 같다.

"너무 많이 마시는 것 아닙니까? 내일 스케줄에 지장이 있을지도……."

"선욱아!"

갑자기 들려온 그의 목소리.

선욱이 흠칫 놀라 그의 얼굴을 쳐다보았다.

자신을 똑바로 쳐다보고 있기는 하지만 눈이 이미 풀려 있다. 제법 취한 것이다.

"정유성 씨, 정신 차리십시오."

"선욱아."

그가 다시 선욱의 이름을 불렀다.

선욱이 미간을 살짝 찌푸렸다.

겉모습은 선욱이지만 실체는 지욘프리드다. 최대한 현 세상에 맞춰 살고 있기는 하지만 가족 외에 다른 사람에게 반말지거리를 듣고 싶은 생각은 추호도 없다.

"전 예의 없는 사람과는 대화할 생각이 없……."

선욱의 말이 채 끝나기도 전에 정유성의 한숨 소리가 흘러나왔다.

"휴! 선욱이라 불러도 되지? 이 형…… 외롭다."

선욱이 굳은 표정으로 그를 쳐다보았다.

자신의 말은 제대로 듣지도 못한 눈치다.

술에 취한 정유성의 어눌한 목소리가 다시 들렸다.

"돈? 흘러넘친다. 인기? 내가 한 마디 하면 연예 신문일 면을 장식한다. 명예? 나, 대한민국 홍보대사다. 어때? 부럽지?"

선욱은 '전혀!'라고 말하려다가 그만두었다.

"하지만 그게 다 무슨 소용이냐고! 이렇게 외로운데. 선욱아, 내 꿈이 뭔지 알아?"

"뭡니까?"

"만화방 주인 아저씨."

"예?"

선욱이 황당하다는 표정을 지었다. 영화계 최고 인기 배우가 그처럼 어마어마한(?) 꿈을 지니고 있을 줄이야 어떻게 상상이나 했겠는가.

"푸후훗! 우습지? 하지만 어렸을 때 꿈이 그거였어. 그리고 지금도 마찬가지야. 돈이 아무리 많고 인기가 있으면 뭘 해? 이미지 관리한다고 가족들과는 만나지도 못하는데. 휴우! 어머니가 보고 싶다, 선욱아. 나 키우느라 고생 정말 많이 하셨는데……."

정유성의 목소리가 흔들린다.

그냥 술주정하는 게 아니다. 그의 안타까운 마음이 목소리에서 느껴진다.

정유성이 눈을 크게 떴다.

"선욱아, 내가 취한 것 같지?"

"취하셨습니다."

"아냐, 인마. 나 멀쩡해. 그리고 너……."

"……?"

"오늘부터 내 동생 해라."

"그게 무슨 말씀입니까?"

"내 동생 하라고! 앞으로 형, 동생 하면서 지내잔 말이야."

"싫습니다."

"뭐? 싫어? 너 스물둘이지?"

"나이가 모든 걸 말해 주지는 않습니다. 예의를 갖춰 주십시오."

"이 형은 서른하고도 하나다. 꺾어진 육십이란 말이야!"

"그래서요?"

"그래서는 뭐가 그래서야? 나이 많은 사람이 형, 동생하자고 하면 그냥 하는 거야. 무슨 말이 그렇게 많아?"

선욱의 눈가에 주름이 잡혔다.

'나는 네 할아버지뻘이다 이놈아!'

"어쭈! 그러다가 한 대 치겠다! 너 이 형을 정말 때릴 거야? 응?"

"자꾸 형이라 하지 마십시오."

"싫다. 앞으로 난 널 선욱이라 부를 거다. 그러니까 너도 날 형이라고 불러."

선욱은 여전히 미간을 찌푸린 채 불쾌하다는 표정만 지을 뿐이다.

정유성이 그런 선욱을 쳐다보더니 다시 말했다.

"그거 알아? 너의 이런 점 때문에 내가 형, 동생 하자는 거야. 적어도 넌 어떤 목적 때문에 내게 접근한 건 아니잖아?"

"아뇨. 목적 있습니다. 영화를 찍기 위해 유성 씨를 잘 알아야 하니까요."

"그거야 일이니까 당연한 거고. 그런 거 말고 다른 목적 말이야."

"다른 목적이라니요?"

"이를테면 내 이름을 등에 업고 유명세 한 번 타 보겠다는 그런 사사로운 목적 말이야."

"그런 목적이라면…… 저도 있습니다."

"뭐? 정말이야?"

"제게 동생이 있습니다. 지금 고1인데, 꿈이 연예인입니다. 오빠로서 동생의 길에 도움이 되기 위해 장훈 씨의 제

의를 받아들였습니다. 영화계에 인맥을 쌓아 놓으면 동생에
게 도움이 될까 싶어서 말입니다."

잠시 침묵이 흘렀다.

정유성이 갑자기 선욱의 어깨를 툭 쳤다.

"그 정도는 사사로운 목적이라고 할 수도 없어. 괜찮아."

"그렇게 생각해 준다니 고맙군요."

"그거 알아? 너 멋진 놈인 거."

"그런 말 처음 듣습니다."

"그저께 만난 오윤아 씨 기억나지?"

"기억은 납니다만……."

"너 왜 윤아 씨 무시했어?"

"그런 적 없습니다."

"윤아 씨는 무시당했다고 펄펄 뛰던데?"

"제가 언제……?"

"내가 소개해 줬는데도 넌 인사만 하고 말았잖아!"

"그럼…… 뭘 더 해야 합니까?"

"후후후. 이렇다니까. 너 오윤아 씨가 어떤 사람인지 알
지?"

"잘나가는 CF모델 아닙니까?"

"대한민국 사내라면 오윤아 씨 얼굴 한 번 보고, 말 한
번 붙여 보려고 설설 기어."

선욱이 가볍게 코웃음을 쳤다. 자신의 기준으로는 도저

히 이해되지도, 용납되지도 않는 일이었다.

"너처럼 오윤아라는 이름을 듣고 코웃음 치는 대한민국 남자가 몇 퍼센트나 될 것 같아?"

"관심 없습니다."

"어제 파티에서 만났던 박지선 씨는 왜 또 화나게 만들었어?"

선욱이 미간을 살짝 찌푸렸다. 도도한 표정으로 고개만 살짝 끄덕이면서 무슨 여왕이나 된 듯 사람들을 대하던 그녀가 눈꼴 시려서 자신도 똑같이 대해 주었을 뿐이다.

하지만 박지선은 어딜 가든지 충분히 여왕이 될 자격이 있는 사람이다. 대한민국 최고의 인기 여배우이자 가수, 그리고 한국을 대표하는 10명의 미인들 중에서 수위를 차지하는 사람이 바로 그녀이기 때문이다.

"후후후, 너 알아? 요즘 이 바닥의 여배우들에게 가장 큰 관심을 받고 있는 공공의 적이 바로 너라는 사실을 말이야."

선욱이 미간을 찌푸렸다. 귀찮게 되었다는 표정으로 말이다.

"오윤아 씨와 박지선 씨가 내기를 했다는 소문도 들었지. 누구든 널 자신 앞에서 설설 기게 만드는 사람이 이기는 내기를 말이야."

"배우라는 여자들이 쓸데없는 짓거리를 하고 다니는군요."

"그래도 그처럼 단기간에 여배우들 사이에서 화제가 된 사람은 네가 처음이다."

"정말 관심 없습니다. 그보다 그만 들어가 주무시죠. 많이 취했습니다."

"내일 저녁에 프로젝트 M 제작 발표회 있는 거 알지?"

"압니다."

"발표회 후에 열리는 파티에 그녀들도 올 거다. 오윤아 씨와 박지선 씨 말이야."

"그 여자들이 왜 옵니까?"

"왜 오긴? 내기에서 이기기 위해서겠지."

선욱이 한숨을 내쉬며 고개를 절레절레 흔들었다.

"덕분에 훈 미디어에서는 난리 났다. 평소 얼굴 한 번 보기 어려운 유명 여배우들이 초청도 하지 않았는데 자발적으로 참석하겠다고 하니 말이야. 아마 영화 홍보에도 큰 도움이 되겠지?"

선욱이 어깨를 으쓱했다.

"영화 홍보에 도움이 된다면 다행이군요."

"나 내일이 무지무지 기대가 돼."

"아무 일도 없을 겁니다. 기대하지 마십시오."

"정말 나를 형으로 부르지 않을 거야?"

"그럴 생각 없습니다."

"정 그렇다면 어쩔 수 없지. 넌 나를 영화배우 정유성으로 대해라. 하지만 난 널 동생으로 대할 테니까."

"그건 말이 안 됩니다."

"흥! 말이 안 되긴 왜 안 돼? 싫으면 너도 날 형이라고 불러. 그럼 나 들어가서 잔다. 잘 자, 선욱아!"

정유성이 비틀거리는 걸음으로 자신의 방으로 들어갔다.

선욱은 그에게 달려가 뒤통수라도 한 대 갈겨 주고 싶은 마음이 들었지만 참았다.

'정말 미치겠군. 내 나이 반도 안 되는 놈이 형, 동생 하자고 대드니…….'

선욱이 신경질적으로 술병을 들어 잔에 부었다.

술을 한 잔 마시자 온몸이 화끈거린다.

"크! 좋군. 이렇게 좋은 술은 정말 오래만이야."

선욱은 남은 술을 모두 비운 후, 조용히 방으로 들어갔다.

✠ ✠ ✠

프로젝트 M 제작 발표회가 열렸다.

M 자가 커다랗게 쓰여 있는 패널을 뒤로하고 긴 테이블에 감독을 비롯한 배우, 그리고 영화 제작에 관련된 여러 인사들이 줄지어 앉았다.

선욱은 발표회장 구석에 조용히 서 있었다.

많은 기자들이 모여서 사진을 찍었고, 영화에 대한 질문과 대답이 이어졌다.

TV에서 흔히 보던 영화 제작 발표회와 별 차이는 없었다. 하지만 실제로 와서 보니 그 열기가 장난이 아니다.

프로젝트 M에 대한 관심이 상당히 큰 모양이다. 특히 최근 불거진 독도 문제와, 명성황후를 지키던 비밀 호위의 일대기를 다룬 영화라 하니 사람들의 관심이 더욱 큰 모양이다.

마침내 제작 발표회가 끝났고, 파티가 열렸다.

파티장에는 기자들과 영화 관계자들만 입장이 가능했다.

선욱은 정유성과 함께 입장을 했다.

기자들은 정유성 곁에 바짝 붙어 있는 선욱의 모습을 보았지만 별 관심을 가지지 않았다. 경호원이나 비서라 생각했을 따름이다.

그때, 파티장 입구에서 감탄성과 함께 카메라 플래시가 연신 터졌다.

"오오! 박지선 씨다!"

"CF퀸 오윤아 씨도 함께 왔어."

두 사람이 한 장소에 모습을 드러내는 건 쉽게 볼 수 없었다. 서로 라이벌이라 생각하기 때문이다.

그녀들은 우아한 파티복을 입고 있었는데, 한눈에 보기에도 감탄할 정도로 아름다웠다.

수많은 플래시가 연이어 터졌고, 연예부 기자들의 질문 공세가 이어졌지만, 그녀들은 이미 이런 일에 익숙한 듯 여유롭게 대처하며 파티장으로 들어갔다.

파티장에 들어가지 못한 몇몇 주간지 기자나 구경꾼들은 아쉬움의 입맛을 다셨다.

"프로젝트 M이 장안의 화제가 되긴 했지만 오윤아 씨와 박지선 씨까지 발표회장에 모습을 드러낼 줄은 몰랐군."

"그러게 말이야. 이번 영화 상당히 기대가 되는데?"

파티장 안.

영화감독인 장훈이 간단한 인사말과 함께 박지선과 오윤아에게 참석해 주어서 고맙다는 말을 전했다. 그러고는 건배를 제안했다.

모두들 와인이나 샴페인이 든 잔을 높이 들고 '건배!'를 외쳤다.

특별히 초청한 재즈 아티스트가 노래를 몇 곡 불러 분위기를 띄웠고, 사회자로 나선 개그맨이 파티 진행을 도왔다.

그렇게 공식 행사가 모두 끝나고 나자 이제는 자유롭게 이리저리 옮겨 다니며 사람들과 어울리거나 술을 마시는 시간이 되었다.

사람들을 가장 많이 몰고 다니는 사람은 단연 오윤아와 박지선이다. 그녀들은 존재 자체만으로 뉴스거리가 된다.

따라서 파티장에 있는 기자들 절반이 그녀들에게 가 있었다.

그다음으로 많은 사람이 모인 곳은 정유성과 김연희다.

김연희는 명성황후 역을 맡을 여주였고 뛰어난 미모를 자랑했지만, 인기 절정을 구가하고 있는 오윤아나 박지선에 비해서는 조금 처졌다. 그래서인지 그녀들에 비해 상대적으로 주목을 덜 받았다.

파티의 의미를 생각한다면 당연히 김연희가 가장 주목을 받아야 한다. 하지만 생각지도 않은 인기 절정의 두 여배우들 때문에 뒷자리로 처지고 말았다.

김연희 개인으로 보자면 화가 날 만한 일이지만 영화를 만드는 감독의 입장에서는 반가운 일이다. 영화에 대한 관심을 더욱 증폭시켜 마케팅 효과를 얻을 수 있으니 말이다.

선욱은 조용히 정유성 뒤에 서 있었다. 정유성 주위에는 적지 않은 연예인이나 영화 관계자, 그리고 기자들이 있었지만, 그들 누구도 선욱을 주목하지 않았다.

그때, 오윤아와 박지선이 거의 동시에 정유성을 향해 다가왔다.

그녀들 주위에 몰려 있던 사람들도 우르르 따라왔다.

"정유성 선배님, 오랜만이에요."

"안녕하세요, 선배님."

정유성이 반가운 표정으로 그녀들을 맞았다.

"아! 윤아 씨, 지선 씨. 오늘 찾아와 줘서 고마워요."

평소에는 그녀들에게 편히 말하는 정유성이었지만, 공식 석상에서 그럴 수는 없었다. 그래서 그도 그녀들에게 존대를 했다.

정유성이 의미심장한 표정으로 뒤에 서 있는 선욱을 슬쩍 쳐다보았다.

선욱은 정유성이 특별히 준비해 준 양복을 입고 있었는데, 배우들에 비하면 딸리지만 그래도 제법 인물이 훤해 보였다.

오윤아와 박지선이 거의 동시에 선욱을 향해 시선을 옮겼다.

선욱의 안색이 살짝 일그러졌다. 귀찮다는 기색이 역력한 표정이다.

"강선욱 씨, 오랜만이네요."

"잘 지냈나요, 강선욱 씨?"

선욱이 마지못해 인사를 했다.

"예. 두 분도……."

살짝 고개를 끄덕인 후, 다시 먼 산 쳐다보는 표정을 짓는 강선욱이다.

오윤아와 박지선의 이마에 힘줄이 살짝 돋았다.

그녀들은 오늘 마음을 단단히 먹고 파티장에 찾아왔다.

자신들 앞에서 쩔쩔매는 강선욱의 모습을 보기 위해 준비도 많이 했다. 우선 자신들의 여성적이고 아름다운 매력으로 그의 두 눈을 사로잡은 후, 약간의 호의를 보여주면 여느 남자들처럼 자연스럽게 넘어오리라 생각했던 것이다.

　　그런데 이건 아예 말이 통하지 않는다.

　　그녀들이 다시 뭐라 말을 붙이려는데, 뒤에서 어떤 아가씨가 다가와 선욱에게 아는 척을 했다.

　　"선욱 씨."

　　강선욱이 희미하게 미소까지 지으며 반가운 표를 냈다.

　　"아! 안녕하세요."

　　"호호호, 선욱 씨 그렇게 차려입으니까 멋진데요? 누구 옷이에요?"

　　"정유성 씨에게 빌려 입었습니다."

　　"그래요? 히야! 어디 가서 배우라고 해도 믿겠어요?"

　　"그렇습니까? 고맙습니다."

　　"그런데 이제 약수터는 오지 않을 건가요?"

　　"당분간 힘들 것 같습니다."

　　"그래요? 민경이가 기다리는 눈치던데."

　　"예? 민경이가요?"

　　"호호, 아무래도 민경이는 선민이보다 선욱 씨를……. 음!"

그녀가 말을 하다 말고 신음성을 흘렸다.

주위의 분위기 때문이다.

자신은 감히 명함도 내밀지 못할 쟁쟁한 여배우 두 명이 무서운 눈빛으로 노려보고 있지 않은가. 게다가 주위의 많은 기자와 영화 관계자들의 시선도 일제히 강선욱과 자신을 향하고 있었다.

분위기가 한층 이상해지려는 순간, 정유성이 재빨리 나섰다.

"자! 저쪽으로 가서 여배우 김연희 씨를 만나 뵙도록 하죠. 영화의 여주인공을 저렇게 오래 내버려 둬서야 되겠습니까?"

정유성이 선욱을 향해 한쪽 눈을 찡긋한 후, 오윤아와 박지선의 팔을 잡고 억지로 끌고 갔다.

기자와 영화 관계자들이 우르르 그녀들을 따라갔다.

선욱은 그제야 한숨을 내쉬었다.

위기에서 탈출한 기분, 아니 답답한 감옥에서 벗어난 기분이었다.

"선욱 씨, 방금 이게 도대체 무슨 시추에이션?"

"글쎄요. 저도 잘 모르겠습니다. 한데, 수지 씨도 그렇게 차려입으니 한층 아름다우십니다."

"어머머! 그래요? 호호호!"

그녀가 밝게 웃으며 좋아했다.

선욱은 그런 그녀의 모습이 좋았다.

신수지는 나이도 많고 박지선이나 오윤아에 비하면 외모가 좀 떨어지기는 했지만, 선욱은 다소 덤벙대고 소탈한 성격의 그녀와 대화를 나누는 게 오히려 편했다.

"그런데 어떻게 해요? 민경이가 선민이보다 선욱 씨를 더 좋아하는 눈치던데."

"그럴 리가요?"

"민경이는 제 조카예요. 어려서부터 업어 키우다시피 해서 잘 알아요."

선욱이 입맛을 다셨다.

여자에게는 아무 감정도, 관심도 없는 자신에게 왜 자꾸 여자들이 꼬이는지 이해할 수 없었던 것이다.

"수지 씨가 민경이를 잘 달래 보십시오. 그러다가 형제간에 칼부림 납니다."

"선민이도 좋은 아이라는 걸 저도 알아요. 그리고 민경이를 정말 좋아하는 것도요. 그러니 너무 걱정 마세요. 여자란 결국 자신을 아끼고 사랑해 주는 사람에게 가게 되어 있으니까요."

"선민이는 한 번 한다면 하는 놈입니다. 민경이와 꼭 결혼하겠다고 결심을 했으니 분명히 그렇게 될 겁니다."

"어머! 정말 그렇게까지 생각하고 있어요? 이제 겨우 열아홉 살밖에 안 된 꼬맹이 녀석이 별생각을 다 하네. 호호호."

"그 녀석 특전사로 입대한다고 했으니, 민경이가 고무신 거꾸로 신으면 탈영할지도 모르죠."

"에이, 설마요."

"아마 그 녀석은 그러고도 남을 겁니다."

"세상에! 민경이가 갑자기 걱정이 되네요."

"그래도 속이 깊고 착한 녀석입니다. 너무 걱정하지 마세요."

"그래요. 나도 알아요. 한데, 선욱 씨는 그동안 어떻게 지냈어요? 계속 정유성 씨와 함께 지냈나요?"

"그림자처럼 붙어 다녔습니다."

"그럼 정유성 씨에 대해 많이 파악하셨겠네요."

"거의 된 것 같습니다. 오늘을 끝으로 그의 집에서 나올 생각입니다."

"아, 그러세요? 그럼 곧 약수터에도 나오시겠네요?"

"그럴 생각입니다."

"호호호, 잘됐네요."

"하지만 본격적인 촬영에 들어가면 어떻게 될지 모르겠습니다. 무척 바빠질 테니까요."

"촬영이 다음 달 초라고 했죠?"

"그렇습니다. 며칠 남지 않았습니다."

"대본은 다 보셨어요?"

"거의……."

"정말 기대가 되네요. 얼마나 대단한 영화가 나올지 말이에요."

"일단 최선을 다할 생각입니다."

"네……."

선욱은 신수지와 이런저런 이야기를 나누었다.

그러는 가운데 마침내 파티가 끝났다.

파티에 초청되었던 사람들은 대부분이 떠났고, 오윤아와 박지선도 마찬가지였다. 단지 그녀들은 선욱에게 강한 눈빛을 한 차례씩 보냈는데, 선욱은 물론 그런 그녀들을 간단히 무시해 버렸다.

선욱은 정유성과 함께 차를 타고 집으로 돌아갔다.

그런데 갑자기 정유성의 핸드폰이 울렸다.

"여보세요."

전화를 받은 정유성의 안색이 살짝 일그러졌다.

선욱이 의아한 표정을 지었다.

정유성이 이런 표정을 지으며 전화를 하는 건 처음 보았던 것이다.

낮은 목소리로 조용히 통화를 하던 정유성이 마침내 전화를 끊었다.

대충 통화 내용을 들어 보니 누군가와 약속을 정하는 것 같았는데, 그 장소가 어디인지, 그리고 누구와 만나는지는 선욱도 알 수 없었다. 단지 낯선 이름 몇 개가 나왔을 뿐이다.

집에 도착한 후, 선욱이 정유성에게 말했다.

"내일 아침에 집을 나가겠습니다."

정유성이 깜짝 놀라는 표정을 지었다.

"뭐? 나간다고? 왜?"

선욱은 정유성의 반말이 기분 나빴지만 내일이면 더 이상 안 들어도 된다는 생각에 참았다.

"이제 제가 할 일은 다 한 것 같습니다."

"나를 다 파악했다고 생각하는 거야?"

"그렇습니다."

"안 돼. 계속 나랑 살자."

"유성 씨, 그럴 수 없다는 거 잘 알지 않습니까?"

"영화 촬영이 끝날 때까지만 그러자. 너하고 같이 있으면 내 마음이 편해서 그래."

"저는 별로 편하지 않습니다."

"선욱아, 부탁이다. 이 형이 아무에게나 이런 부탁하는 줄 알아?"

"형은 누가 형이란 말입니까?"

"내가."

선욱이 그를 노려보다가 고개를 절레절레 흔들었다.

"너 자꾸 그러면 감독님께 말한다."

"예?"

"함께 지내도록 해 주지 않으면 영화 안 한다고."

"지금 그게 말이 된다고 생각하십니까?"

"생각해 봐. 어차피 넌 내 대역이야. 영화 촬영 때에는 항상 붙어 다녀야 한다는 뜻이야. 그러니까 어차피 너와 난 스케줄이 같을 수밖에 없어. 그러니까 함께 지내면서 움직이는 게 영화 촬영에도 여러모로 편해."

"제가 편하지 않다니까요."

"만약 나와 함께 지내면 한 가지 약속을 해 주지."

"약속이라니요?"

"네 동생, 내가 책임진다."

"예?"

"연예인이 꿈이라면서?"

"그렇습니다만……."

"내가 도와주겠다는 말이야. 물론 그게 성공을 보장해 주는 건 아니지만, 적어도 기회는 가질 수 있을 거야. 어때?"

선욱이 잠시 고민하는 표정을 지었다.

자신만의 문제라면 가차 없이 거절할 테지만 동생이 관여되니 그럴 수가 없었다.

한동안 생각하던 선욱이 결국 고개를 끄덕였다.

"알겠습니다. 그렇게 하죠. 그런데 정말 궁금합니다. 왜 자꾸 저를 곁에 두려는 겁니까?"

"사실……. 널 보면 내 동생 생각이 난다. 너보다 나이
는 조금 많았지만 성격이 비슷해서."

"많았다는 말은……."

"그래. 세상을 떠났어."

"아!"

선욱이 안타까움의 탄성을 흘렸다.

선욱은 정유성이라는 사람에 대해 자신이 아는 건 표면
적인 것뿐이라는 사실을 알았다.

"뭐, 오래된 이야기야. 그건 그렇고, 너 약속한 거다?"

선욱이 고개를 끄덕이자 그가 다시 말했다.

"그럼 이제 형이라고 불러."

"그것도 약속에 포함된 겁니까?"

"그래."

"치사합니다."

"알고 보면 내가 원래 좀 치사해."

선욱이 깊은 한숨을 내쉬더니 억지로 입을 열었다.

"형님."

"뭐? 안 들려."

"형님이라고 불렀습니다."

"그냥 형이라고 할 순 없겠니?"

"그러기는 싫은데요?"

"끙! 좋아. 그건 양보하지. 그럼 이제 넌 내 동생이다. 하하하."

밝은 표정으로 웃는 그의 모습을 보며 선욱은 가볍게 한숨을 내쉬었다.

10장

고수를 만나다

그토록 바라던 선욱을 결국 동생으로 삼는 데 성공한 정유성은 루이13을 한 병 더 땄다.

"그 비싼 술을 또 꺼내십니까?"

"술은 어차피 마시라고 있는 거야. 그리고 내가 먹고 마시는 음식이나 술, 그리고 사용하는 대부분의 물건들은 협찬으로 들어오는 거야. 그러니까 걱정 붙들어 매."

 선욱은 정유성이 비싼 술을 아낌없이 내놓는 이유를 이제야 알았다. 정유성 정도의 배우에게는 거의 모든 게 다 협찬이었다.

 그가 애용한다는 사실 자체만으로도 제품의 홍보가 되기 때문이다.

두 사람은 주거니 받거니 하면서 계속 술을 마셨다. 어느 정도 취기가 오르자 정유성이 한숨을 내쉬며 천정을 올려다 보았다.

어쩐지 걱정거리가 있는 얼굴이다.

선욱이 그를 잠시 쳐다보더니 조심스럽게 물었다.

"아까 집으로 돌아올 때 차에서 통화했던 사람은 누굽니까?"

선욱의 물음에 그가 미간을 찌푸렸다.

"혹시 좋지 않은 일이라도……."

"아니다. 네가 알 필요 없다."

"정말 괜찮은 겁니까?"

"괜찮다. 그만 들어가 쉬어. 그리고 내일은 나 혼자 움직일 테니, 넌 집에 다녀와. 가족들 본 지 좀 오래됐잖아?"

선욱이 굳은 표정으로 정유성을 쳐다보았다.

분명히 뭔가 심상치 않은 일이 있음이 분명하다. 하지만 말을 하려고 하지 않는다.

"형님, 저를 동생으로 삼겠다고 했습니까?"

"그래. 그랬다."

"그렇다면 솔직히 말씀하십시오. 무슨 일입니까?"

"아무 일 아니래도."

선욱이 정색을 하며 다시 말했다.

"저와 인연을 끊고 싶은 모양이군요. 좋습니다. 그렇게 하죠."

선욱이 곧바로 등을 돌려 나가려 했다.

"선욱아! 잠깐!"

정유성이 소파에 털썩 앉더니 말했다.

"앉아 봐."

선욱이 그의 맞은편에 앉자 정유성이 긴 한숨을 내쉬더니 입을 열었다.

"세상은 보이는 게 전부가 아니다."

"……?"

"연예계도 마찬가지다. 보이지 않는 큰손들이 있다. 그들의 영향력은 상당하지."

"큰손이라니, 그게 무슨 말입니까?"

"거대한 자본을 움켜쥐고 영화계의 판도를 좌지우지하는 사람들이 있다는 말이다."

"마치 음모 이론을 듣는 것 같군요."

"후후후, 비슷하지."

"그럼 아까 온 전화가 바로……."

"내년 연말에 한중합작영화 한 편이 기획되고 있어. 그들은 그 영화에 내가 참여하기를 바라고 있다."

"한중합작영화라면 상당한 대작일 텐데, 그런 영화에 참여한다면 오히려 반가운 소식 아닙니까?"

"순수하고 합법적인 자본이 투입된다면 그렇겠지."

"그렇다면······?"

"그 영화의 중국 측 제작사는 삼영 미디어다. 들어 봤지?"

"삼영이라면 8, 90년대에 홍콩영화의 중흥을 이끌었던 유명한 제작사가 아닙니까? 성웅이나 홍선보, 그리고 최근에는 이이걸 같은 배우들이 소속되어 있던······."

"그래. 하지만 그들 뒤에 있는 자들이 문제다."

"누가 있습니까?"

"삼합회."

선욱의 안색이 굳었다. 삼합회라면 중국의 유명한 조직이다. 그들의 힘은 막강하고 자금력 또한 엄청나서 나라의 정책에까지 관여할 정도다.

"그렇다면 당장 거절하십시오."

"나도 그러고 싶다. 하지만······."

"거절하기 힘든 이유가 있습니까?"

"그들과 합작하기로 한 우리나라의 기획사가 문제야."

"어느 기획사가 그런 범죄 조직과 손잡고 있단 말입니까?"

"대영 엔터테인먼트."

선욱의 눈이 커졌다.

대영 엔터테인먼트는 대한민국의 사람이라면 누구라도 이름을 듣고 고개를 끄덕일 만한 거대 회사다. 히트작도 상당수 제작했고, 한국영화 역대 최다 관객 동원 랭킹 10위 중에 절반 가까운 영화들이 그곳에서 만들어졌다.

그야말로 영화계의 큰손이 아닐 수 없다.

더구나 그곳의 대표는 신세경이라는 사람인데, 그는 정, 재계에 인맥이 두텁고 큰 영향력을 발휘하는 것으로 알려져 있다.

"사실 이 나라 연예계에서 크려고 하면 대영 엔터테인먼트와 등을 져서는 안 돼. 그건 연예계의 불문율이야."

"음. 그래서 형님은 그들의 제안을 거절하지 못하는 겁니까?"

"아마 거절하게 되면 앞으로 제대로 된 대작 영화에 출연하기는 어려울 거야. 그리고 TV나 다른 매체로도 가기 힘들어. 그들의 영향력이 워낙 막강하거든?"

"그럼…… 어떻게 하실 작정입니까?"

"나도 그게 고민이다. 선욱아, 네 생각은 어때?"

"저는 저고 형님은 형님 아닙니까? 처해 있는 상황이 전혀 다른데 제 의견이 도움이 되겠습니까?"

"그래도 만약 너라면 어떻게 하겠어?"

"당연히 거절입니다. 그런 쓰레기들과 함께 일을 한다는 건 자존심이 용납되지 않습니다."

"후후후, 그래. 선욱이 너라면 당연히 그렇게 대답할 줄 알았다."

"잘 생각하시고 형님 뜻대로 하십시오."

"만약 내가 그 영화에 출연하겠다고 한다면 넌 분명히 내게 실망하겠지?"

"물론입니다. 크게 실망할 겁니다."

"휴우! 역시 그렇구나……. 더 이상 내 얼굴을 보려 하지도 않겠지?"

"그건 아닙니다."

"아니라고?"

"내 가족 중 한 사람이 잘못된 선택을 하고 올바르지 않은 생각과 행동을 했다고 해서 가족이 아니게 될 수는 없지 않습니까."

"그 말은……. 나를 가족처럼 생각한다는 말이냐?"

"적어도 형, 동생 하는 사이라면 당연히 그래야 하지 않습니까?"

오히려 의아해하는 선욱의 말에 정유성은 잠시 멍한 표정을 지었다.

그러고 보면 요즘 인간관계는 참 가볍다.

얼굴 한두 번 보고 형, 동생 하는 경우는 다반사고, 심하면 절친이라도 된 것처럼 행동한다. 하지만 그런 관계들 대부분은 가식이다. 정말 어려운 상황에 처하게 되면, 자신의 일처럼 생각하고 도와줄 사람이 몇이나 되겠는가.

하지만 선욱은 다르다. 관계를 트기가 어려워서 그렇지,

터놓기만 하면 끝까지 책임을 지는 스타일이다. 그리고 진실 되다.

이런 종류의 사람을 진국이라 부른다. 요즘은 천연기념물이 되었다가 거의 멸종한 것으로 알려진 그런 부류의 사람들 말이다.

정유성은 갑자기 선욱을 보기가 부끄러웠다. 그동안 자신이 맺어 온 인간관계들 대부분이 허수에 가깝다는 사실을 스스로도 잘 알기 때문이다.

정유성이 굳은 표정으로 선욱의 손을 잡았다.

"선욱아, 고맙다."

"고맙다니, 그게 무슨 말입니까, 형님?"

"내 동생이 되어 줘서."

"……."

"너처럼 훌륭한 동생을 얻게 된 건 내게 큰 행운이야. 그리고 그건 하늘의 뜻이나 계시처럼 느껴져. 앞으로 올바르게, 제대로 살라는……. 그래서 결심했다. 그들의 제의, 거절할 거다."

"형님, 괜찮겠습니까? 저 때문이라면 그러지 마십시오. 제가 비록 실망은 하겠지만 그렇다고 해서 이해하지 못하는 건 아닙니다."

"아니다. 당연히 형이 모범을 보여야지. 동생에게 부끄러운 모습을 보일 수 없다."

선욱이 정유성을 잠시 쳐다보더니 고개를 끄덕였다.

"형님 뜻을 존중하겠습니다."

"그래. 고맙다. 그럼 내일 그들을 만나서 거절 의사를 분명히 밝힌 후에 나랑 어딜 좀 가자."

"예? 어딜 가잔 말입니까?"

"고향집에."

"예?"

"하나뿐인 어머니가 홀로 거기 사신다. 그리고 당장 서울로 모셔 와야겠다."

"예?"

"어차피 그들의 제안을 거절하면 이 바닥에서 더 클 순 없어. 고만고만한 인기를 누리다가 어느 순간 사라지겠지. 그렇게 될 바에는 더 이상 이미지 관리고 뭐고 필요 없어. 무슨 일이 있어도 어머니와 함께 살면서 효도나 해야겠다."

선욱이 고개를 끄덕였다.

"아주 좋은 생각 같습니다."

"하하하, 그렇지? 아! 마음이 이렇게 개운할 줄이야……. 그놈의 인기라는 게 뭔지……. 그걸 포기하고 나니까 십 년 묵은 체증이 다 내려가는 것 같다. 하하하."

"사람 인생은 어떻게 될지 모르는 겁니다. 어쩌면 전화위복이 되어서 형님이 더욱 큰 인기를 얻을지도 모르죠. 이번 영화가 성공한다면 더더욱 그럴 가능성이 높을 겁니다."

"뭐 일, 이 년 정도는 인기를 유지하겠지. 하지만 대영 엔터테인먼트의 제의를 거절한 이상 그 이후에는 제의가 뚝 끊기고 말 걸? 두고 봐."

"그건 그때 가서 생각해도 늦지 않습니다."

"그래. 네 말이 옳다. 훗날 일어날 일을 미리 걱정하는 건 바보 같은 짓이지. 자, 술이나 통쾌하게 한 잔 마시자."

두 사람은 신나게 술을 마셨고, 잠시 후 정유성은 취해서 소파에 고꾸라져 잠들었다.

선욱이 그런 그를 물끄러미 쳐다보더니 고개를 절레절레 흔들었다.

"팔자에도 없는 나이 어린 형님을 모시게 될 줄이야……. 후후후."

생각해 보면 전생의 지욘프리드로서는 상상조차 할 수 없는 일이다. 평소에도 허리가 뻣뻣하기로 소문이 났었고, 마스터의 경지에 오른 후에는 귀족들에게조차 머리를 숙이지 않았다.

그가 허리를 굽힌 건 오직 황제 앞에서일 뿐이다.

그런데 뜻하지 않게 새로운 세상으로 넘어온 후에는 별볼 일 없는 사람을 형님으로 모시게 되었다. 참으로 어이가 없는 상황이 아닐 수 없다.

사실 지욘프리드의 입장에서 인기 영화배우는 별 볼 일 없는 직업이다.

'지금의 세상에서 살아가자면 어쩔 수 없는 일이겠지. 인맥이 무엇보다 중요한 세상이니.'

선욱이 입맛을 다시며 자신의 방으로 돌아갔다.

✠　✠　✠

다음 날 아침.

선욱은 정유성과 함께 몇 가지 스케줄을 소화한 후, 비교적 일찍 집으로 돌아왔다. 그러고는 대본 연습을 함께했다.

물론 영화에서 선욱이 대사를 할 일은 없었지만, 대사와 상황을 제대로 알아야만 적절한 스턴트 연기를 할 수 있기에 정말 주인공 못지않을 정도로 열심히 대본을 읽고 외웠다.

덕분에 선욱은 정유성을 통해 많은 것을 배웠다.

정유성은 최고의 영화배우였고, 그가 운이 좋아 그런 자리에 올라가지 않았음을 선욱은 그간의 배움을 통해 잘 알수 있었다.

하지만 선욱은 연기에는 별로 자질이 없었다.

고집이 너무 강한 탓이다. 연기는 상황에 따라 카멜레온처럼 스스로를 변신할 수 있어야 한다.

그건 선욱의 성격과, 아니 지욘프리드의 성격과는 극이라 할 수 있다. 따라서 선욱이 치는 대사는 초등학생이 교과서를 읽는 것과 비슷한 수준이다.

하지만 정유성의 생각은 달랐다.

의외로 선욱이 배우가 될 자질이 충분하다는 것이다.

"도대체 제 어떤 면을 보고 그런 생각을 하는 겁니까?"

"연기 잘하고 대사 잘 치는 배우들 많다. 하지만 개성 강하고 카리스마 있는 배우는 드물다. 넌 연기도 못하고 대사 읊는 것도 초등학생 수준이다. 하지만 개성과 카리스마가 있다."

"영화에서 연기와 대사가 가장 중요한 거 아닙니까? 그게 안 되면 기본적으로 배역 자체를 줄 수 없지 않습니까?"

"의사를 전달하는 건 대사만이 아니다. 눈빛이나 표정으로도 충분히 가능하지. 그러니까 대사가 적은 과묵하고 카리스마 넘치는 배역을 맡는다면 넌 잘 해낼 수 있을 거야."

"참, 형님도……."

선욱은 정유성이 자신을 위로하기 위해 그렇게 말한다고 생각했다.

그러자 정유성이 정색을 했다.

"내 말이 믿기지 않는 모양이지? 너 터미네이터의 배우 아놀드 슈왈츠네거 알지?"

"압니다."

"록키와 람보의 실베스타 스텔론은?"

"그 사람도 압니다."

"그 배우들 연기 잘해?"

선욱이 고개를 살짝 갸웃거렸다.

마치 교과서를 읽는 듯한 대사와 무뚝뚝한 표정이 압권이었지만, 가끔 가다가 카리스마 넘치는 표정에 한 마디의 대사만으로 관객들을 휘어잡았던 헐리우드의 유명한 액션 배우가 바로 그들이다.

"그렇지는 않았던 것 같습니다."

"거 봐! 너도 표정과 눈빛 연기만큼은 그들에게 뒤지지 않아. 이건 배우로서의 내 명예를 걸고 하는 말이다."

정유성이 배우의 명예까지 운운하는 걸 보니 결코 농담은 아닌 모양이다.

"언제 기회가 닿으면 너도 연기 한번 해 봐."

"일없습니다."

"내가 하자고 해도?"

"예?"

"내가 마음만 먹으면 너 하나 정도 영화계에 데뷔시키지 못할 것 같아?"

정유성이라는 이름을 생각한다면 충분히 가능한 일이다.

하지만 선욱은 여전히 고개를 가로저었다.

"행여 그런 생각 마십시오. 전 영화에 관심 없습니다."

"쯧쯧쯧, 그럼 네가 관심 있는 분야가 뭐야?"

선욱이 잠시 머뭇거리더니 입을 열었다.

"일단은…… 가족뿐입니다."

"뭐? 가족? 그야 당연한 거고, 가족 말고 뭐냔 말이야?"

"별로 생각해 본 적 없습니다. 그리고 가족을 제대로 돌보고 화목한 가정을 만드는 일이 결코 쉽다고 생각하지 않습니다."

선욱의 말에 정유성이 흠칫하더니 안색을 굳혔다. 그러고는 천천히 고개를 끄덕였다.

"그래. 네 말이 맞다. 휴! 가족이라고는 홀어머니 한 분밖에 안 계시는데, 그분조차 행복하게 못 해 드리고 있으니……. 입이 백 개라도 할 말이 없어."

"조만간 고향에 모시러 가기로 하지 않았습니까? 아직 늦지 않았습니다."

"그래. 이제라도 정신을 차렸으니……. 다 네 덕분이다."

"결정은 형님 스스로 하신 겁니다."

"그래도 고맙다."

저녁이 되었다.

정유성은 굳은 표정으로 양복으로 갈아입었다.

선욱은 캐주얼 차림으로 정유성을 따라나섰다.

원래는 정유성 혼자 가려 했지만, 선욱이 억지로 우겨서 동행하게 된 것이다.

두 사람을 태운 승용차는 올림픽 대로를 따라 약 1시간을 달렸고, 서울 외곽으로 빠져나왔다.

거기서 다시 30분가량을 더 가자 가평에 도착했다.

근사한 카페들이 많아 적지 않은 사람들이 찾아오는 곳이다.

선욱과 정유성을 태운 차는 좁은 국도를 타고 한동안 더 들어갔고, 마침내 분위기 좋게 꾸며진 산장에 도착했다.

원래 행락객들이 들르는 꽤나 유명한 장소였지만, 이날은 분위기가 달랐다.

경호원으로 보이는 검은 양복을 입은 사내들이 주차장에 서 있었고, 마찬가지로 검은색의 외제 승용차 몇 대가 가장 좋은 자리를 차지하고 있었다.

그 외에 다른 차들은 아예 보이지도 않았다.

선욱과 정유성을 태운 차가 멈추자 경호원으로 보이는 사람들이 다가와 문을 열어 주었다.

"안녕하셨습니까, 정유성 씨."

경호원으로 보이는 사내와 정유성이 서로 아는 사이인 모양이다.

평소의 정유성이라면 밝은 표정으로 인사를 했을 테지만, 지금은 안색을 굳힌 채 살짝 고개만 끄덕였을 뿐이다.

"한데, 함께 오신 분은 누굽니까?"

"동생입니다."

"처음 뵙는 분 같은데……."

정유성이 미간을 살짝 찌푸렸다.

"제 동생이라 하지 않았습니까?"

"혼자 오실 것으로 알고 있었습니다."

"절 믿지 못하겠단 겁니까? 오늘 왜 이렇게 빡빡하죠?"

"중국에서 오신 손님 때문입니다. 양해해 주십시오."

그가 선욱에게 다가오더니 말했다.

"잠시 몸수색을 해야겠습니다."

선욱은 어이가 없다는 듯 저도 모르게 가볍게 코웃음을 쳤다.

전생의 지욘프리드 코앞에서 이런 말을 했다면 능지처참을 하고 말았으리라.

경호원의 안색이 굳었다.

"팔을 벌려 주시겠습니까?"

선욱이 오히려 팔짱을 꼈다.

"몸수색을 거부하시면 안으로 들어갈 수가 없습니다."

"내 몸에 손을 댔다가는 후회하게 만들어 주겠소."

경호원의 미간이 꿈틀거렸다.

"그럼 안으로 들어갈 수 없습니다."

"아니. 난 형님과 함께 들어갈 거요."

"상황 파악이 안 되나 본데…… 험한 꼴 당하기 싫다면 물러나시죠?"

선욱이 다시 코웃음을 치더니 정유성을 쳐다보았다.

정유성도 상당히 기분이 나쁜 표정이었다. 마음 같아서는 건방진 경호원들의 턱이라도 한 방 갈겨 주고 싶은 듯하다.

선욱은 그런 그의 마음을 읽었다.

그는 이런 상황에서는 기싸움이라는 게 있고, 선기를 잡는 게 여러모로 유리하다는 사실도 잘 알았다. 더구나 정유성은 그들의 제안을 받아들이는 게 아니라 거부하기 위해 왔다. 고분고분할 이유가 전혀 없는 것이다.

"비켜서시오."

선욱의 몸에서 강한 기운이 뿜어져 나왔다.

마나를 일으켜 뿜어낸 기운다.

경호원들이 아무리 무술로 다져진 몸과 마음을 지니고 있다지만 마나가 포함된 선욱의 기세를 감당할 수는 없다.

그를 막아서고 있던 경호원이 눈을 크게 뜨더니 저도 모르게 뒤로 주춤 물러섰다.

하지만 이내 자신이 물러났다는 사실이 창피했는지 안색을 굳히고는 선욱을 향해 손을 뻗었다.

"이것 봐. 좋은 말로 할 때……. 큭!"

그가 말을 하다 말고 신음성을 흘렸다.

언제 어떻게 그랬는지 알 수 없었다. 어느새 그의 손목이 선욱의 손아귀에 단단히 잡혔고, 뼈가 으스러지는 듯한 고통을 느꼈던 것이다.

경호원이 어금니를 꽉 깨물며 뿌리치려 했지만 자신의 손목은 마치 강철 집게에 잡히기라도 한 듯 전혀 움직이지 않았다.

"으으……."

그의 얼굴이 고통으로 일그러졌다.

그러자 주위에 있던 경호원들이 선욱을 에워쌌다.

금방 싸움이라도 일어날 듯한 분위기다.

그때, 정유성이 선욱에게 말했다.

"선욱아, 그만 놓아 드려."

정유성의 말이 끝나기 무섭게 선욱이 그의 손목을 놓았다.

그러자 경호원은 자신의 손목을 어루만지며 뒤로 물러났다.

온갖 운동과 격투술로 단련된 자신이 한순간에 제압당했다는 사실을 그는 쉽게 납득할 수 없었던 모양이다.

그가 이를 악물더니 선욱 향해 다시 달려들었다.

경호원은 순식간에 선욱의 코앞까지 육박하더니 전광석화 같은 앞차기를 날렸다.

태권도 공인 3단인 그의 앞차기는 날카롭고 빨랐다. 그리고 효과적인 공격이었다.

강한 힘이 실리지는 않지만 뾰족한 구둣발 끝에 배를

걷어차이게 되면 어떤 사람이라도 뻗어 버리지 않을 수 없다.

하지만 경호원의 의도는 완전히 빗나갔다.

그의 발끝이 선욱의 명치를 찍으려는 순간, 돌연 선욱이 슬쩍 옆으로 비켜섰고, 그의 발은 허공을 갈랐다.

다음 순간 선욱이 그의 허벅지 아래쪽을 무릎으로 살짝 차올렸다.

경호원의 몸이 허공으로 붕 떠오르더니 곡예라도 하듯 한 바퀴 빙글 돌아서 땅에 떨어졌다.

우당탕!

"크윽!"

경호원은 땅바닥에서 꿈틀거리며 제대로 일어나지 못했다.

주위에 있는 모든 경호원들은 물론, 정유성도 깜짝 놀랐다.

선욱이 무술을 익혔다는 사실은 알고 있었지만, 경호원을 몸짓 한 번만으로 가볍게 제압할 정도의 실력을 지녔으리라고는 상상도 하지 못했던 것이다.

하지만 그는 큰 싸움이 일어나는 것은 원하지 않았다.

아무리 뛰어난 실력을 갖췄어도 한꺼번에 많은 사람들이 달려들면 당해 내지 못하는 법이다. 주위에는 적어도 대여섯 명의 경호원들이 더 있었고, 산장 입구에도 검은 선글라스를 끼고 양복을 입은 사내들 몇 명이 더 있었다.

선욱이 아무리 대단한 무술 실력을 지니고 있어도 그들 모두를 상대하는 건 불가능하다고 정유성은 생각했다.

"선욱아, 그만둬."

정유성이 선욱의 팔을 잡았다.

"저들은 그만두고 싶은 눈치가 아닌데요?"

"네가 다치는 건 싫다. 그만해라. 나 혼자 들어갔다 오겠다."

"저는 괜찮습니다."

"저들 모두를 상대할 수는 없어."

"그런 걱정은 하지 마십시오."

"아니다. 괜히 나 때문에 네가 다치는 것 싫다."

정유성이 경호원들을 향해 말했다.

"그만들 하시죠. 나 혼자 들어가겠습니다."

경호원들은 동료 한 명이 나가떨어진 상황에서 싸움을 끝낸다는 건 크게 자존심이 상했지만, 참아야 했다. 큰 소란이 일어나는 건 그들도 원하지 않았기 때문이다.

하지만 입구 쪽에 서 있는 검은 선글라스와 양복의 사내들은 생각이 다른 모양이다.

그들이 천천히 선욱과 정유성을 향해 다가오더니 뭐라 입을 열었다.

알아들을 수 없는 중국어였다.

그런데 의외로 정유성이 중국어를 알아듣는 듯 뭐라 대답했다.

중국에도 적지 않은 팬을 가지고 있는 정유성은 한류 스타였다. 그래서인지 중국어는 물론 일본어도 공부했고, 지금은 상당한 실력을 지니고 있었다.

그들 사이에 언성이 다소 커졌다.

선욱은 무슨 대화가 오가는지 알 수 없었지만 상황이 순탄하게 풀리지 않는다는 사실을 눈치챘다.

"형님, 무슨 일입니까?"

"음. 저들은 중국에서 온 경호원들이다. 네가 소란을 일으켰으니 제대로 조사를 해 봐야겠다고 우기고 있다."

"조사를 해요? 훗! 웃기는 놈들이군."

선욱의 말이 끝나기 무섭게 중국 경호원들 중 한 명이 버럭 소리쳤다.

"방금 뭐라고 했지? 웃기는 놈들이라고!"

표준어는 아니었고 북한말에 가까웠다. 그는 연변 출신이 분명하다.

"이미 알아들었으면서 왜 또 물어?"

"간나 새끼! 죽고 싶어 환장했군."

그가 으스스한 표정을 지었다.

선욱의 표정도 차갑게 변했다.

감히 자신에게 욕설을 퍼붓는 놈이 있을 줄이야.

전생에서는 감히 상상도 하지 못했던 일이다.

"선욱아, 물러서. 그리고 그쪽도 물러나십시오. 더 이상의 소란이 일어나는 건 원하지 않습니다."

"이보시오, 정 선생. 먼저 시작한 건 저 간나 새끼요."

선욱이 정유성의 팔을 잡았다.

"형님께서는 물러나십시오. 이 동생이 저런 놈들에게 당할 만큼 허약해 보입니까?"

"선욱아."

"저를 믿으셔도 됩니다."

정유성은 선욱의 얼굴을 쳐다보았다. 왠지 듬직하고 믿음이 가는 얼굴이다.

결국 정유성은 뒤로 물러났다.

"선욱아, 조심해라."

선욱이 살짝 고개를 끄덕이더니 앞으로 걸어갔다.

그러고는 연변 출신의 경호원을 향해 으스스한 목소리로 말했다.

"한 번 더 욕지거리를 내뱉어 봐라. 어떻게 되는지."

"이 간나……."

빡!

경쾌한 격타음과 함께 선욱을 향해 욕을 하려던 연변 출신의 경호원이 뒤로 날아갔다.

하얀 알갱이들이 그의 입에서 사방으로 퍼져 나갔고, 붉은 피가 허공에 뿌려졌다.

연변 출신의 경호원은 미처 욕을 끝내지도 못하고 뒤로 나가떨어졌는데, 비명조차 지르지 못하고 기절하고 말았다.

볼썽사납게 나동그라진 그의 모습에 동료 경호원들의 눈이 돌아갔다.

그들이 중국말로 뭐라 지껄이면서 선욱을 향해 달려들었다.

TV나 영화에서 보았던 쿵푸 동작들이 펼쳐졌다.

선욱은 눈을 가늘게 뜨고는 몸을 슬쩍 이리저리 움직였다.

큰 동작도 아니었지만 워낙 타이밍이 절묘했기에 그들의 주먹과 다리는 모두 선욱의 몸을 스치고 지나갔다.

폭풍 같은 그들의 공격이 지나가고 나자 선욱이 곧바로 움직였다.

빡! 퍼버벅!

선욱의 주먹이 허공을 갈랐고, 중국 경호원들 그 누구도 그의 일권을 피하거나 막아 내지 못했다.

큭! 크으윽!

고통에 찬 비명이 잇달아 들리더니 다섯 명이나 되는 중국 경호원들이 한순간에 모두 쓰러지고 말았다.

주위에 있는 정유성은 물론, 한국 경호원들이 믿을 수 없다는 표정으로 선욱을 쳐다보았다.

선욱이 쓰러진 그들을 내려다보더니 오연한 표정으로 중얼거리듯 말했다.

"법이 지배하는 세상에서 날 만난 걸 다행으로 생각해라."

그때, 어디선가 나지막한 사내의 감탄 소리가 들렸다.

"호오! 한국에 저런 고수가 있을 줄은 몰랐군요."

모두의 시선이 산장 입구를 향했다.

깔끔한 정장을 차려입은 20대 중반의 청년이 호기심 어린 표정으로 선욱을 쳐다보고 있었다.

그를 마주 보는 선욱의 안색이 가볍게 굳어지는가 싶더니 이해할 수 없는 말이 흘러나왔다.

"엑스퍼트로군……."

그랬다. 고수가 나타난 것이다.

〈『더 샤도우』 제2권에서 계속〉

더 샤도우 *The*

SHADOW

1판 1쇄 찍음 2011년 11월 4일
1판 1쇄 펴냄 2011년 11월 9일

지은이 | 장 웅
펴낸이 | 정 필
펴낸곳 | 도서출판 **뿔미디어**

기획총괄 | 이주현
편집장 | 이재권
편집책임 | 주종숙
편집 | 심재영, 문정흠, 이경순, 이진선
관리, 영업 | 김기환, 임순옥

출판등록 | 2002년 9월 11일 (제1081-1-132호)
주소 | 부천시 원미구 상3동 533-3 아트프라자 503호 (우)420-861
전화 | 032)651-6513 / 팩스 032)651-6094
E-mail | BBULMEDIA@paran.com
홈페이지 | www.bbulmedia.com

값 8,000원

ISBN 978-89-6639-382-4 04810
ISBN 978-89-6639-381-7 04810 (세트)